Des deux hémisphères

« Accent tonique »
Collection dirigée par Nicole Barrière

« Accent tonique » est une collection destinée à intensifier et donner force au ton des poètes pour les inscrire dans l'histoire.

Dernières parutions

AMOUR D'AUTOMNE À PRISHITINA
Lan Qyqalla

ADIEU
Anila Kananasi Karapidou

UNE FEMME ET AUTRES TOURMENTS
André Prone

LE SENS MAGNETIQUE
Dana Shishmanian

ERRANCES FURTIVES
Daniel Rivel

MES POEMES
Sali Bytyçi

CENT GRANDS POÈMES INDIENS
Abhay K.

L'ADIEU AU LEVANT
Tigrane Yégavian

ORPHÉE LUNAIRE
Ara Alexandre Shishmanian

L'ARMOIRE DU TEMPS
Ines Moatamri

LA VIE À HAUTE VOIX
Marie-Line Bénazet

Françoise Cohen

Des deux hémisphères

Nouvelles

L'Harmattan

5-7, rue de l'École-Polytechnique – 75005 Paris
www.editions-harmattan.fr
ISBN : 978-2-14-032498-7
EAN : 9782140324987

À la mémoire de Josette Pérès, ma mère,
qui savait si bien conter des histoires.

Peau neuve

Nausicaa – janvier 2027

De l'ombre à la lumière, il n'y a eu ni transition ni signe avant-coureur. Nausicaa n'en revient toujours pas. En effet, depuis quelques jours, sa vie est bouleversée par ce qu'il est convenu d'appeler « une exposition médiatique sans précédent ». Elle exerce pourtant le même métier, au même endroit, avec le même zèle, mais ce sont les autres qui ont changé. À présent, ils s'intéressent tous à elles. Les couloirs de l'hôpital bruissent de voix nouvelles ; des journalistes demandent l'autorisation de l'interviewer, des photographes de faire des clichés, une équipe de télévision l'a même filmée. À n'en pas douter, la docteure Nausicaa C. est en train de devenir célèbre. Cette jeune femme, à la haute stature, à la longue chevelure brune et au nom de princesse grecque, s'est toujours montrée réservée, et même modeste ; aussi, toute cette agitation autour de sa personne lui paraît-elle incongrue. Sa beauté, elle la porte naturellement, sans vanité aucune. Et voilà qu'on la complimente, on la trouve subitement «photogénique», « magnifique », et autres qualificatifs qui l'étonnent et la dérangent.

La cause de tout cela est simple : le Professeur Montaigu qu'elle a jusque-là secondée dans les opérations de greffes le plus délicates, victime d'un infarctus, est dans l'incapacité d'assurer les prochaines chirurgies. Celle de demain matin, en particulier, a mobilisé les médias et provoqué l'effervescence actuelle à l'hôpital. On l'a rapidement poussée en avant, au premier plan, elle qui aime rester en retrait. Tant d'autres ont intrigué en vain pour obtenir ce poste ! Elle sera bientôt la cible de tous les frustrés et de tous les envieux, mais ce n'est pas sa préoccupation du moment. Remplacer le professeur, au pied levé, n'est pas chose facile. Nausicaa a une demi-heure de pause entre deux patients et compte en profiter pour se concentrer sur le cas de demain. Assise à son bureau, un gobelet de café à la main, obtenu quelques minutes plus tôt au distributeur, elle parcourt le fameux dossier : « Grand brûlé – greffe de peau imprimée : 70 % ». Les notes qu'elle a prises elle-même au cours des derniers mois sont très précises. La pathologie du malade y est détaillée avec minutie, les circonstances de l'accident aussi.

Cette greffe se pratique déjà depuis cinq ans mais aujourd'hui, en 2027, elle continue de susciter la curiosité du grand public. Car il s'agit d'utiliser une imprimante tridimensionnelle de dernière génération, capable de créer, à partir de cellules souches du patient et de gel biologique, en guise d'encre, les 1,4 mètres carrés de peau nécessaires à la reconstruction presque totale de son capital épidermique. Il est bien révolu le temps où l'on utilisait de la peau de porc ou de la peau de cadavre humain ! Les méthodes modernes évitent tout risque de rejet et donnent d'excellents résultats. Encore faut-il ne commettre aucune erreur chirurgicale ou technologique. Elle pense à Valentin, ce jeune homme qui gît en ce moment sur un lit, entièrement recouvert de bandelettes de tissu, semblable à une momie, à l'exception de ses yeux et de sa bouche, et qui attend avec anxiété l'heure de sa résurrection. Il est sorti récemment du coma artificiel où on l'avait plongé pour lui éviter de trop grandes douleurs. Elle espère qu'il récupérera, d'ici quelques mois, une vie normale. C'est là le sens de son engagement, du métier qu'elle a choisi.

Elle se rappelle soudain qu'elle a mis dans la poche de sa blouse une lettre arrivée le matin même pour elle à l'hôpital, chose inhabituelle, car son courrier lui parvient plutôt à son domicile. Elle la tâte pour s'assurer qu'elle est toujours là et décide de remettre sa lecture à plus tard. Tout en sirotant son café à peine tiède, elle essaye de se détendre un instant et ferme les yeux. Un grand sentiment de solitude, qu'elle connaît bien depuis toute petite, comme une mer qui s'étendrait tout autour d'elle, remplace l'état de tension intellectuelle précédent. Elle se voit, de l'extérieur, personnage de film, assise sur une chaise au milieu d'une eau verte et transparente. La chaise est stable, bien enfoncée dans le sable, sans flotter, car la mer est peu profonde à cet endroit-là et la plage toute proche. Son imagination se prend tellement au jeu qu'en prêtant attention, elle pourrait même entendre les clapotis, irréguliers, de l'eau dansant contre les pieds de sa chaise, se mêlant au flux et reflux, régulier, des vagues sur le rivage. Puis elle prend de la hauteur et aperçoit son double, une figurine de plus en plus petite et isolée sur sa chaise. Situation absurde, peut-être, mais si vraie, plus vraie que ce gobelet posé sur ce bureau. Nausicaa se sent à cet instant complètement seule au milieu des flots.

Valentin

Il est couché. C'est l'unique position possible depuis l'accident. À vingt ans, Valentin a presque épuisé ses forces mentales, sa réserve de patience et d'optimisme à essayer de supporter son nouvel état. Pour un jeune homme sportif comme lui, l'immobilisation forcée a été particulièrement difficile. Dix jours déjà depuis l'incendie. Son entourage lui dit : Tu as eu de la chance de survivre… De la chance ? Il voudrait les y voir. La vraie chance, c'est cette greffe dont on lui a parlé. L'appareil arrive demain à l'hôpital. Mais on l'a prévenu, son apparence physique risque de changer, son visage surtout… Il était plutôt beau et plaisait aux filles, est-ce qu'il ne va pas ressembler à un monstre et leur faire peur à présent ? Est-ce qu'il gardera sa peau noire ? Ils ne vont pas faire de lui un blanc, non ? Et puis, il y aura la rééducation, plusieurs mois encore…S'il pouvait pleurer, il pleurerait, mais rien ne coule. On l'a emmailloté comme un bébé, un tissu blanc, ou un linceul, le recouvre. Il s'assoupit un moment et se réveille en sursaut. Encore ces images. Il les revoit dès qu'il ferme les yeux : des flammes immenses qui le narguent en dansant, ses cris pour appeler à l'aide, le voisin qui accourt, les seaux d'eau insuffisants pour éteindre, la terreur lorsque ses vêtements prennent feu, et les pompiers qui le sauvent in extremis. Les flammes l'éblouissent, l'hypnotisent ; leur beauté qu'il peut voir après coup est inouïe, leur cruauté aussi. Dans ses rêves, elles se transforment en serpents fluorescents qui célèbrent leur victoire dans la joie par cette flambée mortifère, tandis que lui, sidéré, ne peut pas lutter.

Il faut qu'il parle au médecin, s'il y parvient ; il veut savoir comment va se passer la greffe et quelle sera son apparence physique.

Nausicaa

Fin du rêve aquatique, Nausicaa frissonne et termine un reste de café froid. Même pas un bon café chaud pour la réconforter… Du plus loin qu'elle se souvienne, depuis l'enfance, il y a ce froid et cette impression de tristesse autour d'elle. Sa mère, professeur de latin-grec (ce qui explique son nom tiré de la mythologie) l'a couvée avec amour et nostalgie, pour tenter de pallier l'absence du père. La jeune femme n'a d'ailleurs quasiment aucun souvenir de lui ; elle avait trois ans lorsqu'il avait quitté subitement son foyer. Mais ce grand absent a laissé une place vide à table, creusé un côté du lit parental, occupé l'espace de lapsus et non-dits continuels de sa mère. Nausicaa a choisi des études exigeantes qui l'ont absorbée pendant de nombreuses années. Puis sa carrière a pris son essor et on peut dire que cela l'a sauvée de la mélancolie familiale.

Elle soupire, chasse les souvenirs importuns et sort l'enveloppe de sa poche. À l'endroit, une écriture inconnue, à l'envers, pas d'expéditeur. Tiens, c'est étonnant. Elle déchire nerveusement l'enveloppe (la patience n'est pas son fort) et cherche d'emblée la signature. Quelque chose vacille en elle lorsqu'elle lit : « Ton père qui t'aime ». Comment ça ? Elle relit : pas d'erreur. Soit c'est un imposteur, aux motivations inconnues, qui prétend l'aimer, soit c'est son père et il ne peut pas décemment déclarer qu'il l'aime après trente ans de silence ! Les deux parties de la signature sont manifestement en contradiction (la logique est son fort). Et puis, si c'est bien son père, comment a-t-il le culot de réapparaître de la sorte en lui jetant des ton-père-qui-t'aime à la figure ! Elle en tremble de fureur. Elle décide de mettre en pratique la respiration qu'elle conseille habituellement à ses patients les plus stressés ou angoissés : respirer profondément par le nez, gonfler son ventre comme un ballon, expirer très lentement par la bouche, laisser se dégonfler le ballon, et recommencer six fois de suite. Elle s'applique à gonfler, dégonfler en cadence. Voilà, ça va un peu mieux. La coïncidence entre ses pensées les plus récentes et la réalité l'étonne. Elle ramasse la lettre, tombée par terre, et commence à lire : « Ma chère Nausicaa, je t'ai vue hier à la télévision, je suis si fier de toi ! … » C'était donc ça ! Elle s'emporte à nouveau et ce ne sont pas six respirations supplémentaires qui l'apaiseront. Du calme… Elle pense à sa mère et à la tête qu'elle fera lorsqu'elle lui racontera. C'était donc ça… aujourd'hui, alors que l'heure de la consécration, de la célébrité peut-être, arrive

pour elle, il surgit de nulle part, cet homme inconnu, pour recueillir les fruits de ce qu'il n'a pas semé. Un peu trop facile, non ? De quel droit se serait-il senti fier ? Elle relit :
« Ma chère Nausicaa, je t'ai vue hier à la télévision, je suis si fier de toi ! J'ai hésité à t'écrire, ne sachant pas comment tu prendrais mon message (mal ! crie-t-elle), mais je n'ai pas pu résister. Tu es devenue une très belle femme et un chirurgien célèbre. Imagine ma joie ! » Non, elle ne veut rien imaginer du tout. Et finalement, cette coïncidence n'en est pas une, il a bien choisi son moment pour refaire surface. La suite est un genre de plaidoyer de père coupable d'indifférence, tentant d'apitoyer sa victime, de se trouver des circonstances atténuantes. Il a passé plus de vingt ans aux États-Unis, sa mère n'a pas répondu à ses premières lettres, ni aux suivantes d'ailleurs, alors, il a arrêté d'en envoyer… C'est un détail qu'elle ignorait. Un point pour lui. Il n'a plus osé se manifester à mesure que les années passaient, s'accumulaient comme des blocs de pierre empilés les uns sur les autres, bâtissant une muraille chaque fois plus haute entre elle et lui… Il va me faire pleurer ! ironise-t-elle. A-t-il tenté une seule fois de se représenter son enfance à elle ?
Il raconte aussi qu'avant son départ pour New York et à chacun de ses passages à Paris, il l'a épiée, à travers la grille de l'école, ou caché derrière un arbre à la sortie. Il s'en veut maintenant de ne pas l'avoir abordée. Ah bon ?, pense Nausicaa, et qui prouve qu'il dit vrai ? Pourquoi ne pas s'être approchée d'elle ? « Malgré ce que tu crois, je t'ai vue grandir. Je me souviens du jour où tes tresses avaient disparu. Ta nouvelle coiffure au carré t'allait très bien et tu portais une barrette bleu turquoise. » Pas de doute, il ne ment pas. On lui a coupé les cheveux pour ses sept ans et la barrette turquoise était sa préférée…

Un autre bon point pour lui. Elle fouille sa mémoire, à la recherche d'un indice de la présence de cet homme, son père, l'observant à la dérobée. Aucune trace, à moins que… cette fois où… non, elle n'est pas sûre… Il s'est trop bien fondu dans le paysage. Un père-caméléon et un père lâche. Et la fin de la lettre : « Je sais que demain est un grand jour pour toi. Je t'attendrai à la sortie de l'hôpital et j'espère que tu accepteras de m'embrasser. Il y a certaines choses que tu ignores, j'aimerais avoir l'occasion de t'en parler. Ton père qui t'aime. »
Pourquoi avoir attendu que les projecteurs soient braqués sur elle pour vouloir la rencontrer ? Pareil à une mouche attirée par la lumière. Avoir mis trente ans à lui faire sa déclaration d'amour paternel, n'est-ce pas hautement suspect ? Et ces révélations mystérieuses… Croit-il l'intriguer avec pareille stratégie ? Nausicaa a l'habitude d'affronter des situations compliquées, de se battre avec courage et persévérance contre des maladies difficiles, des infections résistantes ; elle sait sauver des vies, mais lorsqu'il s'agit de sentiments personnels, elle est aussi vulnérable que n'importe qui, plus encore peut-être. Son indignation est tombée et elle ressent soudain une forme de lassitude. Ses jambes sont toutes molles et elle se demande si elles arriveront à la porter. Elle met l'enveloppe, avec la lettre à l'intérieur, dans un tiroir de son bureau, dans un tiroir de son cerveau. À ce moment-là, on frappe à la porte : Docteur C, on vous demande, le patient de la chambre 2. Elle se lève d'un bond, oui, les jambes fonctionnent toujours.

Valentin

La porte s'est ouverte et cette femme est apparue, presque irréelle. Il a lu son nom sur le badge : Nausicaa… de quoi rêver. Souvenirs des contes et

légendes de l'Odyssée qu'on lui avait offerts quand il était enfant, pour Noël. Une nymphe ? Non, une reine, ou plutôt une princesse. Il s'en souvient et le reste appartient à la logique de l'espérance : c'est elle qui sauva Ulysse, et donc elle le sauvera.
Pour commencer, elle a su lui parler et lui inspirer confiance. Et quand elle est repartie, Valentin a pensé que la Docteure Nausicaa avait l'air triste. Il s'est demandé comment, lorsqu'on était une femme comme elle, médecin reconnue, en pleine santé et dans la force de l'âge, on pouvait bien être triste. Le seul fait d'être debout, de se déplacer normalement, de ne pas sentir la brûlure de plaies ouvertes, des tiraillements incessants, comme des pointes d'aiguille qu'on lui planterait avec sadisme dans le corps à longueur de journée, lui paraît à présent un état de bonheur absolu. Dans sa famille, on est adepte des coutumes ancestrales des guérisseurs et cette greffe d'avant-garde ne leur plaît pas beaucoup. Son oncle, hier, a même proposé d'aller quérir « un coupeur de feu ».
— Un quoi ? (Il imagine un chevalier armé d'un grand sabre, fendant les flammes et les écartant comme la mer Rouge.)
L'oncle a ri et expliqué :
— Ce sont des êtres capables d'arrêter la brûlure du feu et ses effets sur la peau, grâce à un don transmis et à des incantations.
— Fabuleux ! (Valentin a immédiatement assimilé le coupeur de feu à un sorcier ou à un personnage légendaire : Saint Michel terrassant le dragon.) Mais ils y arrivent vraiment ?
— Dans certains cas, oui, a répondu son oncle.
— Pourquoi ne pas essayer, alors ? a hasardé Valentin.
L'oncle a hésité :

— Pas ici, à l'hôpital, ils n'accepteront pas… et on ne peut pas t'emmener pour l'instant dans cet état.
— Pas question alors ! a déclaré Valentin. Je ne vais pas renoncer à ma greffe, qui elle aussi semble surnaturelle.
Il se rappelle ses propres paroles et sourit mentalement, car physiquement, il en est bien incapable. Inutile d'essayer d'étirer, ne serait-ce que d'un millimètre, les commissures de sa bouche. La docteure lui a expliqué en détail les étapes de la greffe et tandis qu'elle parlait, il a pensé qu'elle ressemblait vraiment à une princesse et a remarqué la couleur inhabituelle de ses yeux : vert d'eau. Elle a dit aussi que l'opération induirait une renaissance cellulaire, une véritable régénérescence, et qu'on lui grefferait une peau imprimée aussi noire que sa peau d'origine. Une peau d'ébène, comme celle de son père et de sa mère. Mais le processus sera long, il doit être très patient. Ça ne fait rien, l'Odyssée ne fait que commencer. Merci, princesse Nausicaa ; le voilà rassuré.

Nausicaa
Elle s'est réveillée bien avant l'heure prévue, écourtant ainsi une nuit agitée. Sans doute à cause de la greffe, oui, mais pas seulement… La lettre reçue hier la hante. Tant de questions sans réponse. Elle n'a pas eu la force d'en parler à sa mère, ni à personne d'ailleurs. C'est trop d'émotions pour une seule journée, elle le lui dira après. Et puis, elle prévoit que sa mère sera bouleversée et qu'il lui faudra la soutenir, ce n'est vraiment pas le moment. Sa décision, quant à la demande de son père, n'est pas encore prise. Elle a pesé le pour et le contre, essayé de mettre sa colère de côté, car elle est coléreuse, elle le sait, « soupe au lait », dit sa mère. Connaître son géniteur malgré tout ? Parce que cela semble

naturel ? Refuser de voir celui qui l'a abandonnée ? Le punir de cette manière ? Mais la punition ne se retournera-t-elle pas contre elle, telle un boomerang ? De toute façon, l'idée de se venger ne lui plaît pas du tout, elle trouve cela méprisable. Et puis, ne l'a-t-elle pas jugé trop vite ? Trop sévèrement ? Elle attend la dernière minute et suivra son instinct. C'est ce qu'elle fait toujours.

Pour l'heure, il faut aller inspecter l'imprimante qui vient d'arriver à l'hôpital, contrôler l'état du receveur, Valentin, garder son sang-froid à tout moment pour être sûre de prendre les bonnes décisions, de ne manquer aucun symptôme important, superviser la production des différentes couches de peau qu'il faudra étaler l'une au-dessus de l'autre sur la chair à vif, etc. C'est un travail qui exige une attention parfaite et une conscience sans faille de ses responsabilités. C'est comme si dans un concert, elle était à la fois le programmateur, le compositeur, le chef d'orchestre, l'accordeur et le pianiste virtuose. La comparaison avec le pianiste lui paraît juste, car les mains sont au centre de son métier. Les siennes sont finement gantées, laissant ses doigts agiles courir sur le corps des patients comme sur un clavier. Avec une différence de taille : il ne s'agit pas de produire de l'harmonie, mais de la vie. Il ne s'agit pas d'enchanter un auditoire, mais de calmer de grandes souffrances, de soigner ce qui peut l'être, de régénérer un corps humain.

Elle est prête.

Valentin

Le grand jour. La nuit dernière, un jeune homme du nom d'Amaury a séjourné dans sa chambre. C'est provisoire, lui a-t-on dit. Manque de lits. Mais finalement il aurait préféré qu'il reste encore un peu pour lui tenir compagnie. Amaury qui est à peu près de son âge est paralysé des jambes depuis longtemps et se déplace en fauteuil roulant. Valentin a eu bien du mal à engager la conversation avec lui, d'abord parce que parler exige de lui de très grands efforts pour un résultat difficilement audible ; et ensuite parce que Amaury est très timide et reste la plupart du temps silencieux. Il ne se plaint pas, dit aimer ses livres, ses rêveries. Le jeune homme vient à l'hôpital régulièrement pour des séances de rééducation en attendant de bénéficier d'une nouvelle technique révolutionnaire qui lui permettra de remarcher. Mais on dirait qu'il n'en a pas vraiment envie, préférant continuer à mener une vie entièrement contemplative, la seule qu'il connaisse. Valentin en est resté bouche bée, lui qui souhaite plus que tout au monde reprendre l'entraînement de natation. Amaury s'est mis ensuite à lui parler avec enthousiasme de Stephen Hawking, l'astrophysicien cloué sur sa chaise pendant une grande partie de sa vie et qui s'exprimait par ordinateur interposé ; c'est, semble-t-il, son héros. Il l'a pris comme exemple d'une vie réussie malgré un très lourd handicap et sans l'aide du mouvement. Mais Valentin n'est pas convaincu. Comment peut-on être heureux dans l'immobilité ? C'est pour lui une énigme. D'ailleurs, rien ne prouve que Hawking, mort il y a presque dix ans, ait été heureux.

Il est seul à présent. Les brancardiers ne vont pas tarder à arriver. Il a demandé à ses parents de ne pas venir le voir avant l'opération. Il craint les pleurs de sa mère. Il s'attendrira, faiblira. Non, il a besoin de toutes ses forces, comme pour une compétition. À leur dernière visite, ils lui ont rapporté les conclusions de l'enquête sur l'incendie qui l'a si gravement blessé : ce n'était pas un accident. Une ou plusieurs personnes ont mis le feu aux poubelles, dans le local mitoyen de la petite chambre où il loge au rez-de-chaussée. Il a passé une mauvaise nuit à cause de ça. Est-ce que ces personnes ont voulu s'en prendre à lui, personnellement ? Pourquoi donc ? Il ne se connaît pas d'ennemis. Par racisme ? Ça existe, il le sait. Valentin a bien des fois entendu des remarques racistes au cours de sa jeune vie. Ses parents ont même dû prendre une décision radicale : le changer de collège, lorsqu'un de ses professeurs, dont il a oublié opportunément le nom et le visage, a fait ce commentaire à propos d'un de ses devoirs : « C'est tout faux ! Valentin, vous avez l'esprit aussi sombre que la peau. »

Ou bien alors, plus simplement, mettre le feu serait une sorte d'amusement idiot pour jeunes sans cervelle ? Il ne saura peut-être jamais la vérité.

Valentin essaye de se souvenir d'une prière, il n'en trouve aucune. Tant pis, l'important est d'avoir foi en la médecine et en sa prêtresse, Docteure Nausicaa.

Nausicaa

L'activité est retombée, les voix se sont tues. La salle d'opération est vide à présent, car l'épreuve est finie. On vient de transporter le greffé en salle de réveil. Le dernier journaliste s'est éclipsé. Nausicaa quitte les lieux et s'engage dans le couloir qui mène à son bureau. Elle aime ces instants de paix retrouvée. Tout en marchant à pas souples et mesurés, elle passe la main dans ses cheveux avec un geste familier qui l'aide à clore une épreuve, à passer à autre chose, à réfléchir, ou à accomplir les trois actions à la fois. Elle retire aussi une à une les épingles de son chignon (coiffure qu'elle réserve au bloc opératoire), puis rejette la tête en arrière et libère ses boucles brunes. Si cela pouvait chasser les inquiétudes et la fatigue, si cela pouvait résoudre les dilemmes. Son téléphone sonne, c'est sa mère :

— Oui, Maman, très bien. Il n'y a pas eu de problème. Est-ce que je peux passer ce soir ? J'ai des questions à te poser… Non, non, rien d'urgent. Sur Papa.

À l'autre bout du fil, c'est le silence, soudain. Après avoir raccroché, Nausicaa reste songeuse. Pourquoi sa mère lui a-t-elle caché l'existence de ces lettres ? Pourquoi ne pas lui avoir dit que son père avait essayé de rester en contact avec elle ? Y a-t-il d'autres choses qu'elle devrait savoir ? La soirée chez sa mère risque d'être instructive. Ce père absent n'est peut-être pas le monstre d'égoïsme qu'elle imaginait. Nausicaa est troublée, elle sait qu'elle a besoin de temps pour réfléchir aux nouvelles informations qu'elle détient et à celles qu'elle compte obtenir. Un autre visage se profile, comme celui de Valentin qu'elle a longuement remodelé. Demain, peut-être redessinera-t-elle, d'un trait plus bienveillant, le portrait de cet inconnu, son père.
L'écharpe en soie bleu-vert qu'elle a prise sur le porte-manteau (sa préférée, son porte-bonheur, réservée aux grandes occasions) ondoie maintenant sur les épaules et autour du cou de la jeune femme ; elle brille du même éclat que ses yeux clairs et souligne d'un trait serpentin les lignes de son corps en mouvement.

Le père

La journée se termine. Les camions emportant les équipes des chaînes de télévision sont repartis et la rue devant l'entrée principale de l'hôpital est maintenant presque calme. Un homme fluet, appuyé à un lampadaire, attend quelqu'un. Le père, car c'est lui, ne quitte pas des yeux la porte d'où le personnel sort au compte- gouttes. Il a appris, par l'indiscrétion d'un caméraman, que la fameuse greffe dont tout le monde parle a réussi. Sa fille est l'héroïne du jour, il en aura confirmation au journal télévisé du soir. Il attend, oui, mais surtout, il espère. Il a tant rêvé de ce moment où il serrerait sa fille dans ses bras, ce moment où il lui dirait enfin qu'il l'aime. Que sait-elle de lui ? Sans doute pas grand-chose. Jacqueline a dû faire barrage, comme toujours. Nausicaa ignore certainement qu'il a longtemps exercé le métier de chirurgien, comme elle, jusqu'à ce qu'il ait été obligé d'abandonner sa carrière à cause de problèmes de santé. Elle est en train de réussir ce qu'il n'a pas pu accomplir. Il se sent si fier.

Et si elle ne venait pas ? Une supposition accablante. Le père chancelle et s'appuie à nouveau sur le lampadaire. Peut-être ne lui avait-on pas remis la lettre à temps. Il tente de se rassurer : dans ce cas, il pourrait tout de même essayer de la rencontrer une autre fois.

Comment aurait-il pu voir, au même instant, la Docteure Nausicaa C. quitter furtivement l'hôpital par la porte opposée ? Il continue donc à attendre, d'abord avec ferveur, puis avec une dose de désespérance croissante. Dans l'obscurité, l'homme paraît de plus en plus mince, une ombre fragile qui s'amenuise à mesure que la silhouette lumineuse de Nausicaa, tel un éclat de lune, se dilue à l'angle d'une rue parallèle.

Un samedi à Paris

Tu tangues. Comme si ton corps avait perdu son axe, sa force, comme si, un peu disloqué, désorienté, il tanguait, d'un bord du trottoir à l'autre, poussé en avant, tu ne sais comment. Il va peut-être s'arrêter net. Où ton corps puise-t-il l'énergie nécessaire à la marche ? Tu te le demandes sans te le demander. Confusément… Il est dissocié de ta personne, presque indépendant. Tu flottes (quand la gravité s'est-elle modifiée ?) mais sans éprouver cette merveilleuse sensation de légèreté qui est certainement l'apanage de la lévitation. Non, dans le cas présent, c'est un flottement empreint de lassitude et même d'épuisement. Une marche hagarde, à l'aveugle, qui semble au bord de l'effondrement.
Combien de temps encore ? Tu es près du but, mais le chemin qu'il te reste à parcourir te paraît immense, sans fin. Tes deux mains sont prolongées par des paquets, des sacs pleins des courses de la journée. Ils pourraient te servir de balancier, servir à l'équilibrer, mais il n'en est rien. Ces poids contribuent à déplacer ton axe, à le perdre en quelque sorte. Pour un observateur étranger, ce qu'il manque peut-être, c'est un moteur vital, une envie d'avancer, d'atteindre le but. Ce qu'il manque certainement c'est une joie d'être là, dans ce mouvement. Car ça ne ressemble pas à un mouvement cette déambulation poussive, pas après pas, arrachés à l'immobilité. Chaque effort semble être le dernier possible, comme ces sportifs de haut niveau qui, bien que harassés, poursuivent leur course, portés par leur seule volonté. Mais la comparaison s'arrête là. Toi, Francesca, tu n'es pas une championne, tes mouvements sont ceux que tout un chacun produit tous les

jours pour se rendre à sa voiture, à une bouche de métro ou à la boulangerie du coin, rien de plus, rien de moins. Tu n'en admires pas moins la persévérance de ce corps qui se meut malgré tout.

Cependant, aujourd'hui, samedi, jour spécial que tu as consacré comme toujours aux courses, tu comptes sur un certain répit dans une vie rythmée par des horaires précis et des rendez-vous à la chaîne. Point d'exigences professionnelles ou familiales, non, juste un shabbat à ta manière, tout en solitude et tranquillité. Lorsque tu arrives enfin chez toi et peux déposer tes paquets avec un immense soupir, tu te trouves toute bête, debout, les bras ballants, à l'entrée de la cuisine. Ranger les produits frais au réfrigérateur, t'indique ton cerveau. Le programme « conservation des aliments » est enclenché. Puis, tu t'assois ou plutôt te laisses tomber sur le tabouret en paille et ta tête s'affaisse sur tes bras croisés qui prennent appui sur un petit bar.

Alors, tu rêves. Tout ton être prend la fuite vers cet ailleurs qui l'appelle. Tu cours sur un sentier, avec une sensation de bien-être qui se propage jusqu'à la pointe de tes pieds, lorsque ton corps se détend puis contracte les muscles de tes bras et de tes jambes. Tu es dans un sous-bois, penses-tu, à la montagne, peut-être, mais par un de ces changements de décors inopinés, courant dans les rêves, tu te retrouves à nager dans une piscine où il n'y a personne d'autre que toi et une jeune femme, excellente nageuse d'ailleurs, qui fait longueurs sur longueurs, en plongeant la tête profondément dans l'eau. La jeune femme sort, se sèche et se revêt d'une longue cape souple qui recouvre son maillot uni de sportive. Elle a les cheveux coupés très courts, un corps gracieux, tu reconnais Renata, la professeure de yoga. Au loin, des notes de piano courent les unes après les autres sous des doigts experts et produisent une mélodie

romantique… Renata laisse glisser la cape et se met à danser dans le jardin attenant à la piscine. Toi, Francesca, tu veux sortir de l'eau à ton tour pour contempler le spectacle, mais te rends compte que tu es nue. Comment cela est-il possible ? Tu as donc oublié de mettre ton maillot ? Tu sors tout de même. Des gens se sont attroupés pour admirer la danseuse, ils ne semblent pas s'étonner de ta nudité à toi. Renata, pieds nus et tourbillonnante, est l'incarnation vivante d'Isadora Duncan, de sa liberté et de sa passion. Son corps gracile, sculpté dans le maillot qui ne fait qu'un avec elle, s'exprime entièrement dans cette improvisation d'un soir d'été, au point qu'on ne saurait dire si c'est un corps ou une âme que l'on voit là. À la fin, un homme s'approche et offre une rose à Renata. Dans le rêve, tu reconnais ton père, tu t'en étonnes puis remarques la noblesse de ce geste. Il vient de cueillir la fleur sur le rosier du jardin pour rendre hommage à la beauté et à l'art, au-delà des règles de galanterie. Enfin, tu te réveilles. Voilà longtemps que ton père n'est plus de ce monde et sa figure surgie d'un autre temps n'en est que plus troublante.
Le soir est tombé, tu frissonnes et essayes de reproduire en chantonnant la musique entendue dans le rêve. Un nocturne de Chopin ? Peut-être. Tu chantes souvent des airs classiques, composés pour divers instruments et non pour la voix humaine, ce qui te permet de les adapter à ta manière avec une entière liberté, tout en conservant la mélodie principale. En te lançant dans ces variations toutes personnelles dans lesquelles la part de l'improvisation est grande, tu as l'impression d'ajuster, d'accorder ton piano intérieur.
Les images du rêve insistent à s'inviter dans ta tête, « un rêve rémanent », ce doit être ça. Étrangement, il t'aide à te recentrer sur toi-même, à retrouver ton

unité, à ne plus fonctionner comme un robot. Tu tournes le bouton de la radio et écoutes les informations : « Un bon chiffre de la sécurité routière, claironne le journaliste : 290 tués sur les routes de France, ce mois-ci, c'est 9 de moins que l'année dernière à la même époque ! » Ah bon, y a-t-il vraiment lieu de se réjouir lorsque 290 personnes sont mortes ? Oui, mais 9 de moins… Quel calcul macabre, celui du manque à mourir. Tu te mets à songer à ces neuf-là, ceux qui ne sont pas morts. Peut-on les identifier ? Mais non, voyons, ce n'est qu'une statistique. Tout de même, ils doivent bien exister quelque part. Alors, tu imagines un jeune homme au volant de sa petite voiture. Julien a rendez-vous ; il sourit et sifflote. Le visage d'une jeune fille occupe une bonne partie de son cerveau, l'autre partie s'efforce de contrôler la conduite. Pressé d'arriver à destination, il accélère pour passer à l'orange et doit freiner très brusquement au passage piéton car, sur une perpendiculaire à droite, arrive un camion lancé à grande vitesse, qu'il esquive de justesse. D'où sort-il celui-là ? il ne l'avait pas vu ! Julien essuie son front moite. Il l'a échappé belle.

Et en voilà un qui n'est pas mort !

Pendant ce temps-là, la radio n'a pas cessé de diffuser des paroles, des discours, des chansons et encore des paroles à n'en plus finir. Cela t'a toujours fascinée cette aptitude extraordinaire à parler pour ne rien dire, mais ce qui te fascine encore plus c'est que la radio ou la télévision continuent de fonctionner pour les autres, lorsque tu n'es plus attentive ou que tu as éteint le poste. Tu y vois une analogie avec la condition humaine, avec le monde qui n'arrête pas de tourner lorsque quelqu'un s'éteint, meurt, lorsque toi-même, tu mourras…

À la radio, donc, des nouvelles sans queue ni tête se succèdent à un rythme effréné, depuis les alertes météorologiques, jusqu'aux résultats de compétitions sportives, en passant par des élections à l'autre bout du monde. Tiens, un fait divers curieux, tu prêtes attention : une fusillade en plein centre de Marseille. Apparemment un braquage qui a mal tourné. Une jeune femme qui n'avait rien à voir avec cette histoire de braquage est sur une moto que conduit son mari ; ils passent juste à ce moment-là devant le lieu du forfait, une balle atteint la jeune femme et la tue instantanément. Le mari est blessé mais s'en sort. On appelle ça une balle perdue, une vie perdue plutôt... Tu te prends à songer à cet instant tragique, celui de la chute de la femme touchée à la tête. Était-ce vraiment son destin ? Où allaient-ils sur leur moto ? A-t-elle eu le temps de comprendre ce qui lui arrivait, et que c'était la fin ? L'image repasse au ralenti dans ton esprit. Tout cela était-il prévu, planifié ? Difficile de le croire. Le marionnettiste a embrouillé les fils, en a même coupé un par mégarde. Tu imagines :

Paula, c'est son nom, a insisté :

— Ce n'est pas un grand détour pour toi, s'il te plaît, dépose-moi pour une fois au travail.

Il avait accepté pour éviter une scène avec sa femme, prompte à s'énerver. Et maintenant elle gisait par terre, une flaque rouge répandue autour de sa tête comme une auréole sanglante. Morte. Parce qu'il avait voulu se montrer gentil, serviable, pour une fois. Tu relies les deux histoires, celle de Julien qui n'est pas mort parce que les statistiques l'ont épargné et celle de Paula tuée par erreur, un simple dommage collatéral, comme on dit ; elles ont eu lieu le même jour. Le –1 et le +1 s'annulent. Tu te représentes un vieil homme vêtu d'un long manteau de velours, les lunettes sur le nez, penché sur un cahier, un stylo à la main. Des + et des – s'y alignent. On dirait l'un de ces personnages caricaturaux croisés dans *le Petit Prince,* vivant seuls sur leur planète et obsédés par une tâche inutile qu'ils s'astreignent néanmoins à effectuer. Ce vieil homme tient scrupuleusement les comptes et veille à maintenir un certain équilibre entre la colonne des + et celle des –. Arrête de jouer avec des chimères, Francesca, le sens a-t-il ici de l'importance ? Le sens des choses, le sens des évènements. Pourquoi n'est-il pas mort, lui, pourquoi est-elle morte, elle ? Et à quoi sert de poser des questions auxquelles personne ne pourra jamais répondre ? Dans ta tradition religieuse, le judaïsme, on passe son temps à interpréter et réinterpréter des textes sacrés ou profanes. À la recherche des multiples sens ... Il ne s'agit pas de les trouver tous réellement, mais de poursuivre la quête, sans jamais cesser de chercher. Le samedi est le jour idéal pour ça, le jour de réflexion par excellence.

Tu te redresses sur ton tabouret et vas te servir à boire au robinet, non sans avoir changé de fréquence radio. C'est maintenant de la musique pop des années 70. Oubliée la lassitude, tu te mets à tournoyer dans la petite cuisine en te trémoussant gaiement. Rien à voir avec la danse de Renata à la manière d'Isadora Duncan, que tu gardes au fond des yeux, cette image rêvée d'une nuit d'été. Non, c'est tout autre chose, comme une joyeuse sarabande : « Aujourd'hui, j'ai rencontré l'homme de ma vie... » une mélodie légère, rythmée, venue d'un autre temps, par la voix de Diane Dufresne. Tu t'amuses, te détends, reprends des forces au contact de ces nouvelles vibrations. Soudain, tu t'arrêtes net. « L'homme de ma vie », le sens a repris le dessus. Où est-il passé celui-là ? La douleur reprend le dessus. Tu as pourtant tout fait pour l'oublier, mais elle te saute au visage à la moindre occasion, même au travers de paroles si naïves : « Mon horoscope me l'avait prédit... », toi, Francesca tu as perdu ton

amour sans savoir pourquoi et n'as d'autre choix que de l'accepter. «Oh oh oh oh aujourd'hui, au grand soleil, en plein midi-i », des couplets pour midinette qui résonnent en toi comme autant de coups de marteau sur la tempe.
Tu t'es assise à nouveau sur le tabouret en paille. La tête entre les mains, les yeux clos, tu égrènes les images lumineuses de ce qui n'est plus qu'un album rangé dans l'armoire aux souvenirs.
Il fait délicieusement bon, Francesca est allongée sur l'herbe. Sans faire de bruit, Leandro s'approche et embrasse le bout de son oreille. Elle sursaute et rit. Clic ! Il en a profité pour prendre une photo qui plus tard sera accrochée au mur. Un instantané de bonheur, d'insouciance, au mépris du futur, dans l'ignorance de la rupture à venir. La photo a été prise dans un parc, à Londres, tu t'en souviens. L'image rayonnante a été fixée sur le papier. Tu en étais fière car elle t'y prêtait un sourire si doux. Francesca, arrête ! Tu te fais du mal. Tu secoues la tête comme pour disperser les pièces d'un kaléidoscope. Mais une autre scène en profite pour se reconstituer : Leandro est assis au piano, elle y est accoudée comme elle le fait souvent, et tandis qu'il plaque allègrement des accords, elle entonne la chanson qu'elle reconnaît, du Polnareff : «Good ba-aye, Marilou-ou !! » La voix de Francesca s'élance, s'harmonise aux notes du piano, cabriole entre les sols et les murs de la pièce, elle ne la savait pas si souple et sonore. Un concentré d'énergie dans ce moment musical, une entente si évidente autour du piano blanc…
Le sentiment de solitude, penses-tu, c'est cela. Ressentir maintenant cette joie et savoir qu'elle appartient à une époque révolue, savoir que tu ne fais plus partie de la fête. La porte s'est refermée sur les lumières, les chants et les rires, et toi, Francesca, tu restes dehors.

Mais foin de mélancolie et de nostalgie. Tu n'es pas femme à te lamenter longtemps sur ton sort. Bien sûr, il y a cette difficulté à avancer, à redonner rythme et équilibre à tes journées. Tu finiras bien par t'habituer, tu finiras bien par y arriver. Tu en as soudain la certitude, à cet instant précis, dans ta petite cuisine. Une fois encore, l'image de ton père qui cueille la rose et l'offre à Renata se présente à toi et t'apporte une sorte de sérénité. Est-ce un signe envoyé par-delà les mondes ? Qui donc trie et distribue les images sur l'écran de notre conscience ?
Ton destin, tu ne le connais pas, mais il s'accomplira en marchant, en dansant, ou en suivant simplement le cours de la vie, sans te retourner, sous peine de te changer, comme la femme de Loth, en statue de sel. Le visage de Leandro retourne au fond du kaléidoscope. À la radio, on énumère les nouveaux films à voir ce week-end. Et dans ta tête, des vers qui résonnent à point nommé : « Mon Dieu, mon Dieu, la vie est là, Simple et tranquille… ». La poésie, n'est-elle pas ton meilleur guide ?

Bella et moi

« Au coin de mon feu vint s'asseoir
Un étranger vêtu de noir,
Qui me ressemblait comme un frère. »

Alfred de Musset
La nuit de décembre

Cela a commencé il y a quelques années, cinq ou six, tout au plus, lorsque j'ai découvert cette photo chez un bouquiniste des bords de Seine. Il y avait là un bac plein de gravures, clichés, cartes postales où je me suis amusée à fouiller. Et soudain, un portrait m'a attirée, sans que je sache pourquoi : c'était une grande photo de femme, couleur sépia, découpée en forme de médaillon. Il manquait le cadre ovale dans lequel elle avait certainement été insérée à l'origine. J'ai emporté mon trophée chez moi et l'ai posé sur la cheminée. Plus tard, j'ai acheté un cadre adapté et l'ai accroché sur un mur de ma chambre. J'ai très vite compris ce qui m'avait attiré dans cette photo. D'ailleurs, mes amis réagissaient toujours de la même manière en la voyant pour la première fois : « Tiens, vous avez un air de famille, qui est-ce ? », ou plus directement : « C'est ta mère ? », « Une aïeule ? »
Je n'en avais pas eu conscience immédiatement, mais l'évidence sautait aux yeux : cette femme me ressemblait énormément ou c'est moi qui lui ressemblais énormément (préséance oblige, étant donné qu'elle était visiblement mon aînée). La même bouche charnue, les mêmes yeux clairs, les mêmes pommettes hautes. Sans oublier la coiffure, mi-longue, avec une raie sur le côté, qui était identique. Une chose était sûre : sa patine, son fond jauni et sa

dominante sépia révélaient qu'elle avait été prise à une époque lointaine, bien antérieure à ma naissance.
Cela a commencé par une sensation de familiarité croissante : cette femme était peut-être une parente. Une grande tante ? Une cousine éloignée ? (en tout cas, aucune de mes deux grands-mères, car je connaissais leurs photos de jeunesse et elles ne correspondaient pas à celle-là). Le fait est que j'ai fini par la considérer comme quelqu'un de très proche, mon double en quelque sorte. Je pris l'habitude de m'arrêter devant le portrait, lorsque je passais devant lui, plusieurs fois par jour, puis de lui lancer quelques paroles, de le prendre à témoin de mes tristesses ou de mes emportements, de mes enthousiasmes, de mes joies et de toutes les idées qui me traversaient l'esprit, des plus sensées aux plus farfelues.
Enfin, je me mis à m'adresser à elle, ma semblable, ma sœur :
Sais-tu, Bella, (c'est ainsi que je l'avais nommée), qu'aujourd'hui je n'ai pas réussi à écrire une traître ligne ? Tu me diras que ce n'est pas très étonnant et que ça m'arrive fréquemment. En cela, tu as raison. Mais j'enrage de perdre mon temps. J'ai eu tant de mal à commencer ce roman et me voilà bloquée. Tu te souviens du sujet ? Allons, un petit effort... Une histoire d'ombre infidèle, d'identité perdue, de voyage dans le temps. Le tout, mêlé à des réflexions sur le destin de l'homme. Tu penses que c'est présomptueux de ma part d'aborder des thèmes aussi bizarres et complexes ? Que tout cela est un peu fumeux ? Qui sait ? tu as peut-être raison. En fait, tu n'en penses rien, femme de papier, reflet de lumière emprisonné à la surface d'une pellicule. Attends, je ne dis pas ça pour te vexer, Bella, tu m'es si précieuse ! Mais j'ai tendance à oublier qui tu es, alors, je me le rappelle à moi-même, voilà tout.

Cela avait commencé comme un jeu auquel, peu à peu, je m'étais laissée prendre. Il me devenait impossible de me passer d'elle. Le matin, je la saluais, en me réveillant, et lui adressais un :
Salut, Bella ! depuis mon lit qui faisait face au portrait. Le soir, je lui souhaitais bonne nuit. Elle accompagnait si joliment ma solitude. Auprès d'elle, je m'étais remise à chanter, comme autrefois, à toute heure, à tout propos, sans y réfléchir, des airs d'opéra, des bouts de chansons de variété, anciens ou à la mode. L'espace vibrait à nouveau de mes mélodies préférées, sur des rythmes effrénés, langoureux ou syncopés. Des tangos, des romances, des « L'amour est enfant de bohème », des « J'ai perdu mon Eurydice », des Stabat Mater sublimes autant que tragiques, des « Love me, please love me, je suis fou de vou-ou-ous » suraigus. Tout dépendait de mon humeur, et mon humeur variait, virait de bord à tout propos, vibrionnant, virevoltant allégrement. Grâce à Bella, la vie semblait plus belle. Cependant, elle allait être le témoin d'un évènement qui me bouleverserait.
J'avais une particularité physique assez discrète, que je n'ai pas encore mentionnée. Mes yeux sont verts mais l'iris de mon œil gauche possède une minuscule tache bleue. Je l'appelle ma fenêtre sur le ciel. Elle est si peu remarquable que la plupart des gens ne la remarquent pas. Or, il y a peu de temps, un médecin a décidé de s'intéresser à ce cas d'hétérochromie (c'est le nom de la particularité en question) et m'a fait pratiquer un test chromosomique. Lorsque j'ai demandé pourquoi, il a juste répondu :
— Ne vous inquiétez pas. Rien de bien méchant ne peut être détecté. Mais vous risquez d'avoir une surprise.
Ces paroles sibyllines ont évidemment attisé ma curiosité. Il a fallu attendre les résultats, puis leur

interprétation par le médecin car j'avoue n'y avoir rien compris : « Deux génomes mis en évidence. Cas de chimérisme ».

— De chimé…quoi ?

— C'est ce que je pensais ! clama le docteur, résultats en main.

—Mais, quoi donc ?

— Vous avez deux ADN en vous, deux lignées génétiques distinctes.

— C'est grave ?

Il éclata de rire :

— Non, mais rare. En clair, vous n'étiez pas seule dans le ventre de votre mère, au tout début de la gestation. Votre sœur jumelle n'a pas survécu et ses cellules se sont mêlées aux vôtres.

Je l'ai regardé, ébahie :

— Une jumelle ?

— Oui, c'est ce qui explique que vous abritiez dans votre corps à la fois votre propre ADN et le sien dont la partie visible est la tache bleue dans votre iris. J'ai bien dit « visible », car d'autres cellules lui appartiennent certainement aussi, cachées dans vos entrailles. En d'autres termes, vous avez une « jumelle fantôme ».

— Mais… ma mère ne m'en a jamais parlé.

— Elle n'en savait rien. C'est un phénomène qui passe généralement inaperçu. Sans ce test, vous ne l'auriez jamais appris.

En sortant du cabinet médical, je titubais sur le trottoir. Quelle annonce ! Tout un pan de ma vie se révélait, s'éclairait différemment. Durant mon enfance de petite fille unique et solitaire, j'avais joué à m'inventer une sœur imaginaire. Souvent, j'avais l'impression qu'elle existait quelque part et je déclarais à mes parents abasourdis que j'allais partir la chercher. Alors, c'était vrai ! Elle avait existé… Et

d'elle, il ne subsistait qu'une tache bleue perdue au fond d'un œil.
Bella, ma Bella, j'ai besoin de toi. Sais-tu bien ce que je viens d'apprendre ? Je suis une chimère, comme ces êtres légendaires composés de plusieurs espèces. Et elle, ma sœur, que j'ai tant désirée, n'est qu'un fantôme, à peine entrevu, déjà disparu. Si tu voulais, tu pourrais la remplacer... qu'en penses-tu ? Tandis que je parlais, une solution s'était imposée à moi pour combler le vide originel. Bella serait ma sœur-fantôme. Et puis, elle lui ressemblait forcément.
Cette nuit-là, je fis un rêve qui grava son empreinte durablement en moi. Par centaine, par millier, des tapisseries chatoyantes recouvraient les vallons. Tissus brodés, tapis persans formaient un patchwork velouté aux teintes de sable et de miel, de ciel et d'océan. Parfois, les franges, empiétant sur les tapis voisins, les recouvraient en partie. Moi, j'avançais avec une fluidité inhabituelle et mes pieds nus s'enfonçaient à peine dans un sol duveteux. Plus loin, les couleurs s'intensifiaient, le jaune safran et le vert émeraude côtoyaient des déclinaisons d'ocre rouges. Une fête pour les yeux ! Je marchais sans crainte ni hésitation et me dirigeai vers ce que je crus d'abord être un bosquet. À mesure que je m'en approchais, je changeais d'avis et d'interprétation. Une installation de chevalets ? Je pus bientôt distinguer une forêt de perches ou de bâtons, puis de fils entremêlés, et enfin ce qui devait être un rassemblement extraordinaire de quenouilles et de fileuses, de métiers à tisser et de tisserandes. De vieilles femmes à la longue chevelure grise et flottante actionnaient rouets et navettes, sans dire mot, avec grande application. Seuls quelques crissements et cliquetis ponctuaient leur travail.

Comme il arrive souvent dans les rêves, cet atelier en plein air, au bout des plaines tapissées, n'étonna nullement mon double nocturne. Je compris que leur labeur silencieux était essentiel, qu'il exigeait une concentration totale. Il avait à voir avec la vie et la mort, le temps et son passage. Les vieilles, telles d'antiques figures mythologiques, tiraient les fils du destin. L'une d'elles se présenta à moi :

—Je m'appelle Moïra, fille des Moires qui président à tous les évènements de la vie humaine. Que viens-tu faire ici, ma fille ?

— Je ne sais pas. Je me suis perdue, je crois

— Tu suis le chemin qui t'a été désigné. Es-tu contente de ton sort ?

—Eh bien, oui… Mais si je perdais moins de temps et finissais d'écrire mon…

Elle m'interrompit :

— Le temps perdu, voilà pourquoi tu es ici.

— Comment donc ?

— Les temps forts et les temps morts. Ils sont matérialisés par les tapisseries aux teintes vibrantes et par les chutes de tissus grisâtres. Viens avec moi.

Elle me conduisit face à un précipice que je n'avais pas encore vu. Là, au fond du gouffre, gisaient des bouts d'étoffe effilochés et délavés.

— C'est le temps que perdent les humains, reprit-elle. Le temps mal employé, gaspillé, usé. Il s'entasse là. Certains reviennent le chercher, d'autres l'abandonnent.

Le spectacle était si navrant que je m'en détournai. Un rayon de soleil vint, à ce moment-là, illuminer une partie de la plaine faisant étinceler broderies et perles cousues sur de riches étoffes.

Je me réveillai alors et restai pensive un bon moment. Ainsi, j'avais côtoyé les maîtresses de nos destins, j'avais senti palpiter sous mes pieds des morceaux de vie tissés, brodés, entremêlés.

Bella, cette nuit, j'ai parlé à une antique fileuse. C'est un rêve, je le sais bien, mais les rêves ne sont-ils pas plus révélateurs que la vie même ? Et puis, moi-même, ne suis-je pas une chimère, un être hybride, suis-je plus réelle que la Moïra du songe ?

La nuit suivante, j'essayai de poursuivre mon rêve, sans succès. Il se passa plusieurs jours et plusieurs nuits avant que je ne puisse retourner dans les vallons et les plaines chamarrées. Comme la première fois, mes pieds s'enfoncèrent dans les tissus colorés, mais petit à petit, ma démarche se fit plus légère. On n'entendait aucun bruit, aucun cliquetis. Moïra semblait figée, immobile sur sa chaise. Se reposait-elle ? Ses yeux s'allumèrent lorsqu'elle m'aperçut. Je me lançai :

— Moïra, je voudrais faire revivre les temps morts.

Moïra sourit et répondit :

— En rêve, seulement en rêve, tu le pourras. Je t'apprendrai à redonner des couleurs aux lambeaux de temps accumulés au fond du gouffre.

— Et la division de mon être, comment vais-je la réparer ?

— Tu recouvreras l'unité originelle lorsque tu auras fait la paix avec toi-même. Vois-tu cette clef accrochée à ma ceinture ? Elle a plus de trois mille ans d'âge. Chaque fois que tu reviendras dans cette vallée, tu t'en saisiras et ouvriras l'une des cinquante portes de la sagesse.

À mon réveil, je n'étais pas sûre d'avoir bien compris le message : il était question d'un genre de recyclage nocturne, de paix retrouvée et d'une mystérieuse clef.

Ce jour-là, je me mis à ma table de travail avec plus d'entrain et de concentration que de coutume. Des images naissaient que j'arrivais à traduire en mots. Le passé et le présent, le réel et le fantastique cohabitaient librement. Je retranscris un passage :

« C'est alors que tu repères à nouveau une curieuse anomalie : ton ombre, qui t'emboîtait fidèlement le pas, commence à prendre du retard. Elle semble d'abord diminuer, puis la voilà qui grandit, se rapproche, te devance et se met à courir à toutes jambes. Tu la suis à distance, et à mesure qu'elle s'éloigne, grandit en toi un malaise qui se transforme en angoisse lorsqu'elle disparaît tout à fait. Que vas-tu devenir ? Une femme sans ombre, une femme sans âme ? Prise de panique, tu te précipites à la maison, montes les escaliers à toute allure… »

Quelque chose s'était dénoué en moi. Pourtant, je sentais de plus en plus le besoin de parler *avec* quelqu'un et non pas seulement *à* quelqu'un. Le besoin d'un véritable échange, de réponses à mes questions, même si Bella me soutenait à sa façon, par sa présence rassurante. Il me fallait un ami, un vrai.

L'occasion ne tarda pas à se présenter. J'allais, en fin de journée, donner des cours de conversation à des étrangers, dans une école de langue, rue Littré. L'un de mes élèves, un jeune et timide Espagnol, parlant peu, mais très attentif en cours, m'était sympathique. Ce soir-là, en sortant de l'école, je l'aperçus ouvrant le cadenas de sa bicyclette, je l'abordai le plus naturellement possible :

— Vous allez loin ?

— Non, à la Cité *Ouniversitaire*, répondit Adrian, avec un fort accent hispanique, assorti d'un léger bégayement.

— Faisons un bout de chemin ensemble, si vous le voulez bien. Je vais vers la gare Montparnasse, c'est votre direction.

Il hocha la tête, avança à mes côtés, en tenant son vélo d'une main. Ainsi commencèrent nos petites promenades. Lorsque nous atteignions l'avenue du Maine, je le laissai enfourcher son vélo et filer vers

le boulevard Jourdan. Cette compagnie me faisait du bien. Silencieux au début, Adrian s'enhardit peu à peu et osa quelques phrases presque correctes ou à peine fautives qu'il avait sans doute mis longtemps à assembler mentalement :
« Tu es *professor* depuis longtemps à l'école ? » ou « Ce quartier est tellement *agradable*, vous ne trouvez ? » Je souriais, répondais et la conversation progressait cahin-caha. J'évitais de le corriger pour ne pas le décourager définitivement. D'ailleurs, en classe, il participait davantage aux différents débats que je proposais sur des thèmes d'actualité : l'avenir de la planète ou l'impact du terrorisme sur nos vies. Et son niveau linguistique s'améliorait de jour en jour.
Ces dix minutes pendant lesquelles Adrian, son vélo à la main, m'escortait, adoucissaient mes soirées, et lorsque, par extraordinaire, il s'absentait, je regrettais sa présence. Nos conversations ressemblaient à celles de deux vieux amis s'entretenant de leurs principales préoccupations. Il avait besoin de maîtriser le français pour trouver un emploi et me racontait, par exemple, en détail et avec une certaine dose d'humour, son dernier entretien raté. De mon côté, l'écriture de mon roman m'obsédait. Je pris l'habitude de lui en envoyer régulièrement des extraits, les dernières pages que j'avais composées. Sa compréhension semblait très bonne et ses remarques, bien que truffées de fautes d'orthographe, me stimulaient. Ce lien s'était converti en une relation de grande confiance, et sans ambigüité, croyais-je naïvement.
Quoi qu'il en soit, Adrian s'y trompa et s'enflamma sans que je sache comment éteindre ce que j'avais allumé malgré moi. Sur ma boîte aux lettres électronique professionnelle, celle où je recevais les devoirs de mes élèves, je découvris de véritables messages d'amour qui m'étaient adressés, dans un

style étrangement suranné, comme celui-ci : « Dans vos yeux aux couleurs changeantes, je ne lis que douceur et élévation, sur vos lèvres de corail, j'entrevois d'infinies promesses de félicité… » Qui l'avait aidé à rédiger cela ? Ce fut ma première réaction d'enseignante.

Bella, vois-tu, ce garçon n'a rien compris. Sa jeunesse peut-être ou son inexpérience lui ont fait tout mélanger. Moi, je cherchais seulement un peu de compagnie, et voilà que je reçois des mots d'amour à la mode du XIXe siècle, des missives qui prêteraient à rire si je n'avais en moi un peu de compassion. Je me sens tout de même fautive. Ai-je envoyé quelque signal équivoque ? Comment s'est-il cru autorisé à m'entretenir de « sa flamme » ?

Je dus renoncer à nos promenades quotidiennes. Je filais avant lui, le semais s'il cherchait à me rattraper. Au bout d'une semaine de ce petit manège, Adrian n'apparut plus rue Littré. Il avait tout bonnement abandonné les cours de français. C'est ainsi que fut refermée la parenthèse Adrian.

J'étais à la fois soulagée et triste. Comme professeure, c'était un échec, et comme amie, aussi. Ma solitude continuait à me peser. À qui allais-je lire mes textes à présent ? Comme ces quelques lignes, le début d'un poème, intitulé *Imaginaire* que je venais d'écrire :

Le bruit du soleil,
L'odeur des nuages,
L'impossible voyage,
Et la trace des oiseaux dans le ciel…

La nuit fut agitée. Des gerfauts, venus d'on ne sait où, planaient au-dessus des dunes chatoyantes. Leurs ombres tatouaient de gigantesques taches noires et mouvantes les étendues aux tapisseries multicolores. Moi, je courais pour leur échapper et me réveillai en nage. De quelle menace étaient-ils le signe ? Sans approfondir la question, je me replongeai aussitôt dans la nuit des songes. Le rêve suivant m'emmena auprès de Moïra : il faisait beau et la plaine tout entière avait retrouvé sa paix. Je m'emparai sans hésiter de la clef qui pendait à sa ceinture et me dirigeai vers la première porte de la sagesse. Malheureusement, mon réveil sonna à ce moment-là. Jamais je n'ai tant maudit cet instrument stupide, incapable de détecter le bon moment pour me tirer de mon sommeil.

Je me levai et m'approchai du miroir posé sur la bibliothèque. Dans le visage vaguement inquiet qui s'offrait à moi, deux yeux brillants et d'un vert pur semblaient défier à eux seuls toute la science et tous les mythes. Car au fond de l'iris gauche que je scrutai sans fin, il n'y avait plus aucune trace de chimère.

Bella, qu'en penses-tu ? Dois-je en rire ou en pleurer ?

En réponse à ma question, le silence de ma sœur fantôme me sembla, ce jour-là, encore plus impénétrable que de coutume. C'était il y a cinq ou six ans ; aujourd'hui, dans ma vie, les temps forts et les temps morts se sont équilibrés. Cependant, l'accès à mes rêves ne m'est plus permis. Quelques vagues impressions parfois, au réveil, rien de plus. Je ne me suis jamais plus élancée, pieds nus, dans les vallons richement brodés aux teintes de sable et de miel, de ciel et d'océan. Je n'ai plus rencontré Moïra, ou si je l'ai fait, je ne m'en souviens pas. À moins que Bella ne m'ait remplacée auprès de l'antique fileuse et ouvert pour moi, une à une, les portes de la sagesse.

Déambulations parallèles

Un festival de courts-métrages argentins ? Tu t'es brusquement arrêtée de chanter en entendant l'annonce à la radio, tu montes le volume du son et écoutes attentivement les détails donnés : c'est vendredi, dans trois jours, aux Champs-Elysées. Tu demanderas à ton amie Inès si elle veut t'y accompagner. Voilà bien pour toi une occasion à ne pas manquer car les liens qui t'unissent à ce pays sont très forts. D'ailleurs, depuis que tu es rentrée d'Argentine, tu ne sais plus très bien quel est ton hémisphère, ton continent, ton pays. Tu ne sais plus où est ta maison. Tu appartiens un peu à chacune de ces deux imposantes métropoles, Buenos Aires et Paris, successivement ou simultanément.

Tu fais souvent l'aller-retour en voyage mental supersonique où tu compares sans cesse les situations, les gens, leurs comportements, leur langage, leurs habits et habitudes. Là-bas, on vous traitait avec plus d'affection, se faire des amis était un jeu d'enfant. Ici, tout le monde est plus élégant, la société est mieux organisée, et ainsi de suite. Tu compares aussi les lieux entre eux. Les espaces se superposent, se confondent ou se démarquent. Tu rêves de téléportation, pouvoir traverser l'océan en un battement de cils et ne pas avoir à choisir son camp. Mais la puissance de l'évocation, grâce aux images enregistrées dans la mémoire, n'est-elle pas aussi magique ?

Vendredi, tu décides donc de te rendre à ce festival, avenue des Champs Elysées. Inès n'est pas libre, tant pis, tu n'y renonceras pas pour autant, même si tu préfères partager les bons moments avec une amie ! Et puisqu'il fait un temps splendide en ce début juillet, tu partiras à pied depuis la rive gauche, quartier de ton enfance, où tu habites jusqu'à la rive droite,

quartier de ta famille et du festival. Une jolie promenade qui te mènera plus loin que prévu… Une déambulation entre deux rives ou entre deux hémisphères.
À Buenos Aires, tu aimais contempler les gigantesques ombus, les gommiers et araucarias qui bordent le cimetière de la Recoleta. Ce sont, pour la plupart, des arbres centenaires aux racines inextricablement mêlées et aux branches qui se baissent comme pour vous accueillir avec gentillesse, comme pour vous inviter à vous asseoir.
À Paris, après avoir dépassé le Bon Marché, tu empruntes la rue de Babylone bordée par un austère mur de couvent. Un square y a élu domicile, telle une trouée de fraicheur et de lumière dans la grisaille urbaine. Tout ici t'est familier.
À Buenos Aires, tu aimais te promener dans les vastes jardins de Palermo, parmi les jacarandas qui éclataient en fleurs roses et bleues. L'espace y était si généreux, le temps, plus lent, le ciel plus nu.
À Paris, tu te retrouves Boulevard des Invalides, longes le lycée Victor Duruy, ton lycée Victor Duruy, et pousses jusqu'au musée Rodin. À travers les grilles tu entrevois les marronniers du parc et les silhouettes des statues qu'on dirait figées dans leur élan par quelque sort maléfique.
À Buenos Aires, tu aimais flâner plaza San Martin, sous les palmiers et les palos borrachos, lorsque, en janvier, la chaleur de l'été austral devient étouffante. Le vert profond des feuillages t'y faisait un abri.
À Paris, tu traverses l'esplanade où des étudiants et des badauds s'étalent sur les pelouses ensoleillées. L'été invite au farniente ; la ville est déjà en vacances et a pris une allure riante. Tu retrouves l'ordre habituel, « normal » des saisons, celui de ton enfance, car, en juillet, à Buenos Aires, c'est le plein hiver.

À Buenos Aires, tu aimais rêver dans les allées poétiques du Parc Lezama, décrit par Ernesto Sabato, un grand écrivain dont la voix t'accompagnait si bien. Ou bien, t'asseoir dans le square Vicente Lopez, beaucoup moins silencieux, à côté des toboggans, des poussettes et des enfants qui jouaient.
À Paris, tu as atteint le pont Alexandre III que tu as toujours trouvé un brin pompeux avec ses dorures et tu t'apprêtes à traverser la Seine. Accoudée à la balustrade, tu te ménages une pause. Il est tôt et tu as beaucoup de temps devant toi. Tu entends parler toutes les langues en une joyeuse cacophonie que cette Babel des temps modernes accueille tout naturellement. Peu à peu, l'eau verte de la Seine t'attire et capte ton attention. Les bruits s'estompent, ton champ de vision semble rétrécir. Tu ne vois que l'ondulation naturelle du fleuve, ses reflets phosphorescents sous la lumière qui t'ensorcellent, et puis le sillage blanc des péniches et des bateaux mouches qui passent, bientôt avalés par la voûte du pont, ne laissant derrière eux que quelques clapotis. Tu as l'impression d'avoir coupé en toi un moteur vorace et bruyant pour écouter... la vie, d'avoir éteint un facteur de tensions et crispations. Lorsque tu te laisses ainsi aller à éprouver simplement des sensations, tu te débarrasses de plusieurs enveloppes, de plusieurs carcans. Ainsi dénudée, tu t'ouvres aux senteurs fraîches de l'eau, aux caresses de la brise, à l'empreinte du soleil sur ta peau ; tu ne penses plus, te fonds dans le paysage, te laisses envahir par lui, peu à peu, entièrement. Tu deviens berge, tu deviens arbre, tu deviens eau. Combien de temps dure cet état contemplatif ou végétatif ? Peut-être vingt minutes, peut-être plus, puis tu récupères tes facultés habituelles, endosses à nouveau tes multiples enveloppes et carcans, mais te sens comme recomposée et reposée.

À Buenos Aires, tu aimais faire un tour sur l'avenue Santa Fé, vivante et colorée, puis prendre une perpendiculaire : rue Montevideo ou Rodriguez Peña, pour gagner des lieux plus paisibles. Ou bien, dans le quartier de Belgrano, marcher sur l'avenue Luis Maria Campos, puis remonter la rue Olleros aux délicieux ombrages. Chaque bloc ou « cuadra » représentait cent mètres, à raison de dix minutes à pied pour sept cuadras, tu parcourais facilement de longues distances. C'est ce que tu faisais si tu avais le temps, plutôt que de monter dans un « colectivo », l'autobus local, qui vous bringuebalait à toute vitesse et sans ménagement à travers la ville.

Déambuler dans les rues de Buenos Aires ou de Paris, c'est pour toi la meilleure façon de penser ou de rêver. La géographie urbaine influence-t-elle le cours de tes idées ? Se promener au bord du Rio de la Plata ou le long de la Seine, traverser les jardins de Palermo ou les Tuileries, ce n'est pas tout à fait la même chose. Il y a les parfums, les musiques, la couleur du ciel qui différent et doivent marquer l'imagination d'une façon ou d'une autre. Comment savoir ?

Tu inventes des chansonnettes :

Mon cœur a deux hémisphères,
L'un est à Paris
Et l'autre à Buenos Aires...

À la manière de Joséphine Baker.

Déambulations... des moments propices au tête à tête avec soi-même, à l'affleurement des souvenirs.

Et puis tu es arrivée sur la partie tranquille et ombreuse des Champs-Elysées, entre la Concorde et le Rond-point, celle où il fait bon marcher, avant d'atteindre inexorablement la portion envahie par le bruit et les gens. C'est là que se trouve le cinéma.

Tu as pu y voir une bonne dizaine de courts-métrages argentins, tous étonnamment inventifs et intéressants dans leur genre. Des condensés narratifs, vibrants, comme les bonnes nouvelles, en somme. Pas une seule fois tu n'as regardé ta montre. Ce qui t'a plu aussi c'est l'accent chantant du Rio de la Plata que tu reconnais si bien. Pourquoi sens-tu une onde de bienveillance t'envelopper lorsque tu l'entends ? Comme si on te prenait par la main, comme si on te prenait dans les bras…

La nuit suivante, c'est encore autre chose. Cela arrive petit à petit, mais cela arrive souvent, à Buenos Aires ou à Paris, n'importe où. À l'heure du repos, celle où tu as le droit de te laisser aller, tant que tu voudras. D'ailleurs, tu ne t'en prives pas, tu t'étales dans ton lit et tu t'étires, comme pour te grandir, en soupirant longuement. C'est l'heure de la reconnaissance : "Merci, mon Dieu", murmures-tu, depuis que tu es enfant, merci pour ce bon lit, et ce moment de paix. Alors survient l'instant attendu, celui où tu as l'impression de t'élever au-dessus des draps et de flotter dans l'espace. Cela est progressif. Il faut d'abord sentir la chaleur de la couverture t'envelopper, puis un doux chatouillement aux extrémités des doigts te prend jusqu'à ce que naisse la sensation, cette sensation : tu es en train de léviter. Parfois s'ajoute la rotation : tu te figures être en train de tourner, suffisamment pour t'étourdir un peu, comme après avoir bu une ou deux coupes de champagne. Et tu deviens bulle, au milieu d'une mousse écumeuse et pétillante, bulle d'air, volant à la dérive. Ensuite, une multitude de personnages et d'histoires assiègent tes rêves, peut-être ceux des films vus la veille, mais tu n'en retiendras rien, seulement le souvenir de cette miraculeuse légèreté du début de la nuit.

Une autre fois, tu t'empares d'un planisphère, tout coloré et quadrillé de méridiens et parallèles, qui dort dans tes papiers, et tu te mets à y tracer frénétiquement des lignes pour relier les points essentiels de ton existence : Casablanca, Paris, Buenos Aires… Et la carte s'éveille : apparaissent des liens et coïncidences remarquables. Ainsi, tu découvres que ta ville de naissance, Casablanca, se trouve presque à la même latitude (inversée) que Buenos Aires : 34 ° Sud, 33° Nord, pour Casablanca. Ainsi, de part et d'autre de l'équateur, des lieux parallèles se répondent. Paris, 48° Nord, est un peu plus éloigné. Quant à la longitude (mesurée par les méridiens), elle ne correspond pas. Car Casablanca et Buenos Aires sont toutes deux à l'ouest du Méridien de Greenwich, Paris étant légèrement à l'est. On dirait des pions dispersés sur un échiquier. Alors tu cherches un point, une ville correspondant aux latitude et longitude de Buenos Aires (Sud Ouest), mais au Nord Est, en miroir, et tu tombes sur… Ispahan, en Iran. Une ville persane avec laquelle tu n'as rien à voir, a priori, si ce n'est que l'orient tout entier réside dans cette sonorité. Ispahan… l'orient de tes origines… Mais tu n'en restes pas là ; les correspondances se multiplient. Tu découvres que tu es née non loin du tropique du Cancer et que tu as vécu de nombreuses années près du tropique du Capricorne. Et alors, me direz-vous ? Eh bien, ton thème astral indique que tu es du signe du capricorne avec un ascendant cancer. Quelle conclusion en tirer ? Aucune, évidemment, ce sont des bizarreries qui t'amusent. Tu observes, fascinée, le planisphère qui a peut-être quelque révélation à te faire sur toi-même, ta vie, ton destin. Quelle clef ouvre quelle malle aux trésors ? Déchiffrer le code, comme dans les histoires que tu lisais, enfant, les « club des cinq », les « Fantômette »… Et te voilà, rêvassant sur ce monde de lignes, de chiffres et de couleurs. Bleu pour les mers et océans ; jaune l'Argentine ; mauve, le Maroc ; jaune encore, la France. Il n'y a

pas de légende expliquant la signification des couleurs, alors, tu t'en passes. Une résille emprisonne le monde, ou bien c'est un plateau de jeu, un damier ou un échiquier, malheureusement on a oublié de te donner le mode d'emploi. De toute façon, tu es nulle aux échecs, tu pourrais éventuellement te défendre aux petits chevaux.
Pourquoi es-tu allée vivre en Argentine ? Classiquement, pour suivre ton mari. Pourquoi es-tu revenue à Paris ? Parce que le plus grand souhait du petit cheval est de rentrer à l'écurie. Mais pourquoi es-tu née à Casablanca ? Ah, ça, c'est une longue histoire, celle de tes ancêtres expulsés d'Espagne au XVème siècle, partis s'installer en Afrique du Nord, certains ayant fait un crochet par Salonique. Dans tes gènes, il y a le souvenir des persécutions, suivies d'irrémédiables expulsions, des vagues de départs entraînant déracinements et adaptations successives. Paris, qui te semblait sans conteste ton port d'attache lorsque tu étais enfant n'est peut-être qu'une étape dans ta lignée. Qui sait ?
Du doigt, tu suis sur la carte les migrations de tes ancêtres, puis tes propres migrations. Des vies en parallèle se déroulent dans ton imaginaire, et une nouvelle grille de lecture s'offre à toi, tissée des mystères du passé entremêlés d'avenir.
Mais trêve de parenthèse généalogique, plus simplement, c'est une grande ligne oblique qui relie tous les points de chute de ta propre vie : à partir de « la ville blanche », Paris, Buenos Aires, Paris. Et comme un passage obligé, Casablanca est toujours sur le chemin. Tu l'observes cette simple ligne, médusée, d'abord, nostalgique ensuite. L'avion qui te menait de Paris à Buenos Aires, ou de Buenos Aires à Paris, tu l'as emprunté tant de fois, seule ou accompagnée, lui qui avait le pouvoir de te propulser d'un monde à l'autre, d'une saison à l'autre, d'un

ciel à l'autre. Douze mille kilomètres en tout et pour tout, portée par les ailes du grand oiseau blanc, pareilles à celles qui menèrent Nils Holgersson en son merveilleux voyage.

Mon cœur a deux hémisphères...

Entre les itinéraires du passé et ceux du futur, il y a un présent immobile et sans surprises qui peine à se faire une place dans ton imaginaire, très vite supplanté par d'autres représentations, plus attrayantes. Le présent peine à laisser son empreinte en toi : il s'effiloche, se disperse pour finalement s'évanouir. Le présent est absent. Aujourd'hui, l'invention de ta vie t'appartient, dans quel espace l'ancreras-tu ? Devant toi, le planisphère est déployé.

Rayon violet

« — O, l'Oméga, rayon violet de Ses Yeux ! »

Arthur Rimbaud
Sonnet des voyelles

La maison se trouvait plus loin de la gare que prévu, de sorte qu'il lui fallut vingt bonnes minutes de marche pour l'atteindre. Ce n'était pas une promenade agréable, pensa Malena. Il faisait chaud et le paysage de banlieue qu'elle découvrait était sans grand attrait. Mais enfin, une promesse est une promesse. Sans le soleil qui saupoudrait généreusement de paillettes dorées les bâtisses en béton, les rues en enfilade auraient présenté un aspect gris et terne.
Elle arriva bientôt devant « Le clos fleuri » qui se détachait par sa façade ornée de lierre et les quelques roses de son jardin. Devant la porte, elle sortit de son sac le papier où elle avait noté les instructions de ses cousins : « Tante Reine, début août, résidence *Le Clos fleuri*, 2e étage, chambre 237. » Elle sonna. Comme c'était la première fois qu'elle allait entrer dans une maison de retraite, elle ne savait pas exactement à quoi s'attendre. Les cousins avaient insisté, ils partaient en vacances, la vieille dame ne recevrait aucune visite pendant trois semaines, c'était trop. Elle avait donc promis d'aller voir sa tante.
C'était un genre d'hôtel, lui sembla-t-il, avec des clients âgés, ou une sorte d'hôpital avec plus d'espaces communs. Une vieille au chignon défait, dodelinant de la tête, qui poussait devant elle un déambulateur, frôla Malena dans le couloir. Une autre, le nez en l'air, un mégot éteint aux lèvres, les yeux au ciel, la suivait religieusement. Plus loin, un

homme à la mèche rebelle et à l'allure centenaire était si courbé qu'il avançait les yeux rivés sur ses chaussures, au rythme d'une marche funèbre qu'il était seul à entendre. Les murs et les portes des chambres étaient peints dans des teintes criardes que Malena trouva agressives : des verts pomme, des orange fluo, en veux-tu, en voilà… Cette débauche de couleurs discordantes était peut-être destinée à égayer les lieux, mais c'était raté. Dans un tel décor de carnaval, les personnages eux-mêmes devenaient grotesques.

Lorsque Malena entra dans la chambre 237, elle vit une forme chétive, tassée sur le fauteuil, immobile. Cela la surprit car dans son souvenir, la tante était une personne corpulente. Elle semblait somnoler (ce qu'elle faisait la plupart du temps avait signalé cousin Bénédict). Que faire ? La réveiller ? Elle s'approcha et lui tapota doucement le bras :

— Bonjour, tante Reine.

La vieille femme, sans doute un peu sourde ou profondément endormie, ne réagit pas. Malena recommença en parlant un peu plus fort. Cette fois-ci, elle sursauta, ouvrit les yeux et la regarda d'un air hagard :

— C'est l'heure du dîner ?

— Non, c'est moi, Malena, je suis venue te voir.

Aucune réponse. Bénédict et Valérie l'avaient avertie : elle ne réagissait presque plus, semblait indifférente à tout. Mais à ce point-là…

Dehors, dans le jardin, plusieurs résidents s'étaient installés à converser sous un parasol. Malena les observa un moment, en s'approchant de la fenêtre. Soudain, une voix mal assurée demanda :

— Comment va ta mère ?

Elle se retourna, interdite ;

— Ma mère ? Tu veux dire mon père, je pense.

Reine hésita, sembla perdue. Malena vint à son secours.
— Voyons, tante Reine, ta petite sœur n'est plus de ce monde depuis longtemps… Papa va bien, merci.
Elle replongea dans un état de somnolence. Malena se demandait ce qu'elle était venue faire là. Comment arriver à communiquer avec cette vieille dame endormie, qui, à peine réveillée, déraisonnait ?
Tandis qu'elle réfléchissait à quelque stratégie inédite, tante Reine lança :
— Tu as du chocolat ?
Ce qui fit rire Malena.
— Je croyais que tu dormais. Mais oui, tu tombes bien, j'ai toujours un peu de chocolat sur moi. Et elle lui tendit deux carrés bien noirs.
— Je préfère le chocolat au lait et aux noisettes, déclara la vieille dame, tout en adoptant une moue enfantine.
— Désolée, c'est tout ce que j'ai.
Elle s'empara malgré tout du chocolat et le croqua avec avidité. Malena voulut profiter de ce moment d'éveil :
— Tante Reine, tu veux bien me raconter, comme autrefois, ta vie en Argentine ?
Ses yeux brillèrent un instant, puis s'éteignirent, puis s'allumèrent à nouveau.
— Buenos Aires, l'odeur des jasmins, la clinique « Guëmes » où je travaillais. Elle se tut à nouveau.
Malena pensa qu'il faudrait pouvoir appuyer de façon continue sur le bouton de la conscience. Ne jamais arrêter d'appuyer, pour que restent allumés la mémoire, l'intérêt et tant d'autres choses. Cette femme était comme éteinte, usée, désespérée, peut-être. Et pourtant…
Tante Reine avait tellement bien porté son prénom tout au long de sa vie, avec une autorité naturelle et une intelligence très vive (sans oublier son front haut

et son port altier). Elle avait exercé son métier de médecin, en élevant seule ses deux enfants, car elle avait divorcé, à une époque où cela était peu courant et mal vu. On disait qu'elle avait claqué la porte un beau matin, emmenant avec elle sa progéniture, sans rien exiger, pas un sou, d'un mari qu'elle méprisait. Et elle s'était débrouillée, était partie pour l'Argentine où elle avait fait carrière. Malena l'avait toujours admirée et la considérait comme une héroïne, d'où son trouble en voyant combien elle avait changé.

— Là-bas, on m'appelait Reinita.

— C'est joli, Reinita !

— Oui. On habitait en face de la plaza Vicente Lopez, un beau quartier.

— C'est le « Barrio norte », non ?

— Oui, Barrio norte.

Une femme au teint mat entra brusquement dans la chambre (avait-elle frappé ? Malena en tout cas ne l'avait pas entendue) et s'adressa à la vieille dame sur un ton mielleux, en articulant et haussant excessivement la voix :

— Alors, madame Reine, on a de la visite ? Vous voulez jouer aux cartes au salon aujourd'hui ? Il y a déjà Suzanne et Jeannette et…

Cette femme prenait-elle sa tante pour une retardée mentale ? Pourquoi lui parlait-elle de cette façon ?

— Non.

— Vous êtes sûre ? Bon, tant pis, je viendrai vous chercher pour le goûter.

Reine replongea dans le silence. En signe de rébellion ? Beau travail ! J'enrageais. Elle garda les yeux fermés, mais sous ses paupières closes, une petite étincelle, parfois, prouvait qu'elle écoutait sa nièce.

— Tu vois, tante Reine, je n'ai rien oublié de tout ce que tu m'as raconté, mais je regrette maintenant de ne pas t'avoir posé plus de questions. J'ai toujours

rêvé d'écrire un livre sur notre famille. Je ne sais pas si j'en serais capable.
— Qui ne tente rien…
Elle suivait donc le fil de son discours et n'avait pas complètement perdu l'esprit comme semblaient le croire ses enfants.
— Oui, un peu d'audace me ferait du bien. Tu en avais, toi, de l'audace, pas vrai ?
Inutile d'insister sur les questions, elle ne répondait plus.
La chambre était grande et contenait des meubles anciens que Malena reconnaissait. Un peu de l'histoire de Reine était venu se loger au Clos Fleuri. On y trouvait des tableaux auxquels elle tenait tant. Les murs en étaient pleins. Certains qu'elle avait peints elle-même, d'autres offerts ou acquis. En ce moment, un rayon de soleil éclairait justement le portrait d'une femme donnant la main à un enfant. Celui-là était de sa tante, elle s'en souvenait. Les formes étaient stylisées, les couleurs presque pures, avec une tonalité chaude à la Gauguin. Les deux personnages avaient les yeux légèrement bridés. Malena se sentait bien soudain ; elle se retrouvait dans son salon d'autrefois, rue de l'Ancienne Comédie. Reine parle fort, éclate de rire, va et vient, sûre de son charme, de son pouvoir, s'adresse à l'un ou à l'autre avec autorité ; on quête son attention, son approbation. Une bulle, hors du temps, la protège. Elle n'est plus cette petite vieille prostrée. Quand l'illusion se dissipe, elle observe Reine, un peu plus rabougrie sur son fauteuil. Ses pommettes hautes et ses yeux « chinois », comme elle se plaisait à les définir, sont restés les mêmes. Le tableau est peut-être un autoportrait, elle n'y avait jamais pensé…
Malena prit le parti de s'adresser à elle, malgré tout, sans attendre de réponse, par respect pour celle

qu'elle était devenue, mais surtout pour celle qu'elle fut.

— Tante Reine, ta vie est un exemple pour moi. Quand trouvais-tu le temps de peindre ? Ton travail de médecin, tes deux enfants auraient dû épuiser ton énergie. Mais non, il t'en restait assez pour composer ces toiles. Assez de flamme en ton cœur et en ton âme pour l'offrir à tes pinceaux. Sais-tu que je dessine aussi ? Cela fait dix ans que je me suis mise aux pastels, en petits formats. Pour la rapidité d'exécution, l'aisance avec laquelle je peux jouer avec les couleurs, les modeler à ma guise, et pour le toucher velouté qui me procure un véritable plaisir sensuel. J'ai commencé juste après la mort de maman. Il faut dire que, à l'adolescence, lorsque j'avais déclaré vouloir devenir « artiste peintre », la famille ne s'était pas montrée enthousiaste. Elle trouvait cette carrière difficile et peu sûre. « Un vrai métier », voilà ce qu'il me fallait ! C'est pourquoi j'ai fini par devenir traductrice. Les mots, je les aime, oui, mais les couleurs, ah, les couleurs ! Je suis transportée par l'intensité d'un rouge ou d'un bleu, l'éclat d'un jaune, la profondeur d'un vert, le mystère d'un violet, et surtout par la vibration qui naît soudain du rapport entre deux teintes. Tu me comprends sûrement.

Malena, qui parlait, appuyée au rebord de la fenêtre, laissait son regard redessiner le contour des arbres et des bâtiments au loin, vagabonder de-ci, de-là, puis il glissa de côté vers la silhouette de Reine qui n'avait pas bougé. Les paupières s'agitaient parfois, présageant un réveil qui n'arrivait pas.

— Mais je m'offre rarement ce festin de sensations, reprit Malena. Lorsque les traductions n'occupent pas toute ma journée, je peine à sortir les pastels de leur boîte, je ne saurais te dire pourquoi. La peur,

peut-être, de me tromper de voie ou de ne pas être à la hauteur.
Un filet de voix rocailleux s'échappa de la gorge de Reine, inaudible, à peine un grognement. Malena se rapprocha d'elle et entendit :
— Ose, ma fille, ose…
Tout en prononçant ces mots, Reine, les yeux grands ouverts, la fixait en fronçant les sourcils. Puis, progressivement, tout son être se relâcha comme un ballon qui se dégonfle et elle entra à nouveau dans un état de flottement entre la veille et le sommeil.
— Oui, Reine, il s'agit bien de ça, oser. Mais toi, qui as su montrer de la hardiesse tout au long de ta vie, qui as relevé tant de défis, pourquoi es-tu aujourd'hui si abattue ? As-tu donc renoncé à te battre, comme tu l'as fait pour imposer ton mode de vie ? Aurais-tu perdu toutes tes forces dans cette bataille, au point d'en être exténuée ? Je me souviens de l'expression de maman : « être au bout du rouleau ». Je me demandais toujours de quel rouleau on parlait, peut-être d'un rouleau compresseur… J'espère qu'il te reste encore quelques tours de rouleau, tante Reine ! Ou quelques tours, tout court, dans ta boîte à malice…
Aucune réaction, la somnolence était maintenant plus profonde. Bénédict l'avait prévenue : son attention ne dure guère. Qu'à cela ne tienne.
— Tu sais, Reine, j'aimerais partir au loin, comme tu l'as fait, toi, en Argentine. M'arracher à ma vie quotidienne, aux habitudes, au ronronnement des jours, à un avenir sans surprises. Du confort affectif que m'offre la famille aussi, je voudrais m'éloigner. De son emprise, du rôle figé que j'y joue. J'ai déjà quarante-sept ans et n'ai pas accompli grand-chose ; c'est du moins ce que je ressens. Une chiromancienne m'a dit récemment cette chose étrange : « Vous avez les mains d'un enfant, les lignes y sont

rares et peu marquées. » J'ai pensé à une étendue de sable vierge que les chameliers du désert n'auraient pas encore traversée. L'étendue ne présenterait que quelques ondulations, des vaguelettes dues à l'action du Sirocco. Le reste serait lisse, immaculé. Pour y tracer des sillons, il me faut laisser mon empreinte sur le sable. C'est une ambition humaine, entre toutes, légitime, je crois. Un enfant, par exemple, est une trace, même s'il est plus que ça, une œuvre, quelle qu'elle soit, aussi, une invention ou une action humanitaire. Le seul fait de planter un arbre est un acte tourné vers le futur, pareil à un enfantement. Pouvoir se sentir fier, heureux de ce qu'on a fait, heureux d'avoir fait entendre sa voix, ne serait-ce qu'une fois.

Un son éraillé s'éleva dans la chambre, qui s'éclaircit peu à peu en une chanson ancienne :

« Es la historia de un amor como no hay otro igual, que me hizo comprender todo el bien , todo el mal. Que le dio luz a mi vida… ».

Les yeux clos, Reine chantait. Malena entonna avec elle ce boléro qu'elle aimait aussi. Empreint de nostalgie, il parlait d'amours défuntes. Elle pensa aux amours passées de Reine dont on ne savait rien car un mystère entourait sa vie sentimentale. La légende familiale lui prêtait au moins un amant célèbre, un peintre dont elle aurait été la muse cachée. Cependant, personne n'était capable de donner le nom de ce mystérieux peintre. Elle s'était promis d'essayer de converser à ce sujet avec elle, mais le moment lui paraissait soudain mal choisi. Elle n'allait pas la soumettre à un interrogatoire après tant d'années de silence entre elles. Non, le mieux serait de revenir dans peu de temps et d'amener Reine à se confier naturellement.

Malena s'approcha de sa tante et l'entoura de ses bras :

— Chère, chère tante Reine … Comme tu m'as manqué pendant toutes ces années.
La vieille dame ouvrit les yeux, et une lueur malicieuse accompagna ces mots chuchotés :
— Tu as du chocolat ?
Malena en resta pantoise, coupée dans son élan de tendresse. Un disque rayé, voilà ce qu'elle était. Sa tante était vraiment gâteuse, en avait-elle douté ? Oui mais, quelques pépites sortaient aussi de sa bouche, elle en était témoin.
— Et non, je n'en ai plus ! Je t'en apporterai la prochaine fois, promis.
À l'extérieur, le groupe de personnes attablées sous un parasol continuait sa conversation. On voyait une main se lever, un pied s'agiter, soudain une cane posée sur le rebord de la table passa de la verticale à l'oblique, puis tomba. Quelques sons lui parvenaient, morcelés, par la fenêtre entrouverte : « Le pauvre… lui avais bien dit… des enfants ingrats... » Préoccupations d'anciens…
— Et un amoureux, tu en as un ?
À défaut de chocolat, compléta Malena en pensée. Cela la fit sourire. La petite voix de tante Reine lui faisait l'effet d'un filet de rivière serpentant entre les cailloux, ou plutôt à de toutes petites perles tombant une à une d'un collier puis rebondissant sur le sol.
— Oh, tu sais… Mais pourquoi tu veux savoir ça ?
— C'est important un amoureux.
—Tu as raison, c'est important. Je vais te dire : pour l'instant, il n'y a aucun « amoureux », digne de ce nom à l'horizon.
— Qu'est-ce que tu attends pour t'en trouver un ? D'avoir quatre-vingts ans ?
Qu'est-ce qui lui prenait soudain ? Une vraie fixation. Reine s'était réveillée et, le torse redressé, passait visiblement à l'attaque. Elle continua :

— Tu veux finir comme moi, seule comme toutes ces vieilles ici ?
Elle avait l'air en colère. Le problème de toute cette population féminine âgée et très âgée était tout autre, pensa Malena. Leurs maris ou compagnons étaient morts avant elles, voilà tout. Mais elle préféra ne pas répondre. Quant aux questions personnelles, ce n'était pas vraiment le moment de les lui poser. Tante Reine allait sûrement se calmer et s'endormir à nouveau. Dans le couloir, on entendit le grondement sourd d'une table ou d'une chaise roulante qui passait.
Reine se recroquevilla à nouveau et Malena reprit ses rêveries en forme de monologue :
— Tu sais, on m'a raconté l'histoire d'une femme qui a été jusqu'à écrire un roman pour retrouver son premier amour ; et le livre a eu du succès, il était bon, à ce qu'il paraît. Je ne sais pas si elle y racontait leur romance ou si elle parlait d'autre chose. L'essentiel pour elle était de briller, de devenir célèbre pour qu'il entende parler d'elle. Le jour de la parution où fut organisée une signature, personne ne comprenait pourquoi elle avait l'air si distraite, guettant au loin une silhouette familière. Je me suis dit qu'elle aurait pu le retrouver plus facilement sur un de ces sites internet d'anciens élèves, anciens copains, etc. au lieu d'écrire un roman. D'autant plus qu'il n'est pas apparu et qu'elle ne l'a donc pas retrouvé. C'est vraiment triste de rester accroché à une relation ancienne, tu ne trouves pas, tante Reine ?
Elle se tourna vers sa tante qui hocha du bonnet, lui sembla-t-il, à moins que sa tête n'ait bougé toute seule pendant son sommeil.
Sans y prendre garde, presque malgré elle, Malena se mit à fredonner : « Dis, quand reviendras-tu ? Dis, au moins le sais-tu ? » Comme toujours, l'ordinateur

qui semblait contrôler son cerveau sans son intervention avait mis en marche un juke-box très intelligent, capable de choisir des chansons en rapport avec ce qu'elle venait de penser. Ainsi, Barbara était apparue opportunément.

D'un côté, il y avait cette vieille dame en fin de vie, épuisée, tassée sur son fauteuil, et puis de l'autre, par la fenêtre, les roses du jardin, le ciel d'été et toutes les promesses du monde pour le jour à venir. Malena avait envie de faire confiance, d'espérer, d'accueillir son propre sort avec bonne humeur et optimisme. Elle n'avait pas à se plaindre ; certains souffraient, elle, non.

Reine n'avait pas toujours été ainsi. Elle avait eu sa part de rêves, de déceptions, ses joies et ses chagrins. Elle avait désiré, patienté, renoncé ou exulté. En somme, elle avait vécu intensément. Est-ce que le plus terrible ne serait pas d'arriver à un âge avancé avec ce constat d'échec : me suis-je empêchée de vivre ? songea Malena. J'ai passé mon temps à regarder les trains, les vaches ou les gens passer. À m'asseoir dans un petit coin pour ne pas être remarquée, ni jugée ? Est-ce que le plus gros risque n'était pas de ne pas en prendre ?

La jeune femme en était là de ses réflexions lorsqu'on frappa à la porte qui, presque aussitôt s'entrebâilla laissant apparaître un homme en blouse blanche, à l'allure séduisante. Cet acteur américain des années cinquante… comment s'appelle-t-il déjà ? Le beau ténébreux… pensa Malena. Il se présenta : Docteur S, donnant à Malena des envies de tomber malade.

— Vous êtes la fille de Madame P ?

— Non, sa nièce, répondit-elle, avec un sourire qui se voulait charmeur tandis que le sang affluait vers son visage.

Rougir comme une gamine, pourvu qu'il ne s'en rende pas compte.
— Je vois qu'elle dort, je repasserai.
Montgomery Clift ! Elle avait trouvé !
— Attendez. Pourriez-vous m'informer sur son état ? Je transmettrai à mes cousins.
— Allons dans le couloir, suggéra aimablement le médecin.
Puis, une fois, dehors :
— Que voulez-vous savoir ?
— Ma tante a-t-elle définitivement perdu la tête ?
Il hésita, puis dit :
— Ce n'est pas si simple. Il y a des pertes cognitives, mais à certains moments, elle est lucide. Elle peut encore vous étonner. C'est bien de lui rendre visite, de la stimuler.
Montgomery Clift continua à lui donner des explications, un peu trop scientifiques, que Malena ne comprenait pas entièrement, mais elle aima se laisser bercer par la voix du médecin, sans oser regarder ses yeux sombres. Elle perdit progressivement la notion du temps et du lieu où elle se trouvait. Lorsqu'elle reprit ses esprits, il l'observait avec curiosité et toussota :
— Eh bien, à bientôt.
Malena rentra dans la chambre où tante Reine n'avait pas bougé. Sous ses paupières closes, dormait-elle ? Cela ne l'empêcha pas de continuer à s'adresser à elle :
— Vois-tu, je crois que je suis trop romantique ou trop vieux jeu. Je ne sais pas prendre l'amour à la légère, comme beaucoup de mes amies, que j'envie d'ailleurs.
— Ah bon, elles ont la cuisse légère, tes amies ?
Malena éclata de rire. Elle ne dormait donc pas. Et cette expression démodée…

— Oh tu sais, aujourd'hui, rien de plus simple que de collectionner les histoires sans lendemain. Tu as entendu parler des sites de rencontre ?
Bouton sur off. Terminé. Tante Reine dormait profondément, jusqu'au moment peut-être où la petite voix chevrotante s'élèverait, alors qu'on croirait la vieille dame plongée dans un état léthargique. Mais Malena était lancée :
— Je vais te confier mon rêve, tante Reine, je rêve de ressembler à une montgolfière, ou à un goéland survolant le monde avec aisance et bonheur. Je glisserais au-dessus, bien au-dessus des bassesses et des tracasseries du monde, sur un air de Bach ou de Vivaldi, en accord avec l'harmonie universelle. Ce n'est finalement qu'une sensation fantasmée, mais son manque est si fort parfois que je me demande si je ne l'ai pas éprouvée dans une vie antérieure... D'où viendrait-elle ? De l'art, de la contemplation, de l'amour ? Qui sait ? Serais-je en train d'aspirer à un genre d'expérience spirituelle ?
Le regard de Malena rencontra à nouveau le tableau de la mère et de l'enfant, celui qui trônait autrefois dans le salon de la rue de l'Ancienne Comédie. L'harmonie est là, devant moi... Il suffit d'être attentive, et même s'il faut souvent la démasquer sous toutes sortes d'artifices, la rechercher fait du bien ...
Puis ses yeux se tournèrent vers la vieille dame endormie. Elle s'approcha d'elle, comme elle avait fait en arrivant, et lui caressa la joue, tout doucement, en chuchotant :
— Au revoir, Reinita de Buenos Aires, je reviendrai bientôt te voir.
Reine ouvrit les paupières et son visage s'éclaira d'un sourire candide. Elle murmura :
— Un rayon violet...
Était-elle au milieu d'un rêve ?
— Qu'est-ce que tu dis, tante Reine ?

— Embrasse ta maman pour moi.
Malena ne savait que penser. Des mots mystérieux suivis de propos absurdes. Ou bien quelques perles échappées du collier. Il y avait bien un vers de Rimbaud, lui semblait-il, sur un « rayon violet de ses yeux », vague réminiscence…
Dans le couloir aux teintes criardes où elle croisa l'auxiliaire de vie de tout à l'heure (peut-être venait-elle chercher sa tante pour le goûter), Malena se demanda quel compte-rendu elle allait faire à ses cousins de sa visite. Qu'elle radotait, s'absentait, dormait une bonne partie de la journée et parfois même extravaguait, ils le savaient bien… Elle ne parlerait pas de l'essentiel, de ce que Reine lui avait offert : une après-midi de réflexion, de douceur, une trêve en somme dans la course du temps.

Cependant, deux jours plus tard, la nouvelle s'abattit sur elle de tout son poids : Reine venait de mourir. Elle s'était « éteinte » comme on dit dans ces circonstances. Ses cousins, avertis, étaient rentrés précipitamment de vacances. À partir de ce moment-là, l'après-midi dans la maison de retraite changea de couleur, d'importance, de catégorie. Malena se repassa plusieurs fois le film de leur « conversation ». Une lumière dorée venait à présent baigner ses souvenirs de la chambre 237. Elle tenta de conserver en elle les dernières paroles de tante Reine, ces paroles poétiques qu'elle avait prononcées, comme on recueille les dernières gouttes du précieux élixir resté au fond de la coupe.
La fin subite de tante Reine l'avait attristée, bien sûr, frappée même. Elle était arrivée au bout du rouleau. C'est émouvant une vie qui s'achève, un destin qui se cristallise. Mais elle la remplit aussi de fierté, comme si elle avait été choisie pour cette dernière visite, elle et elle seule. Puis, elle songea à cet

entretien qu'elle n'aurait plus jamais avec la vieille dame, à toutes ces confidences qu'elle ne lui ferait pas, au rayon violet dont elle continuerait à ignorer le sens. Tante Reine avait emporté dans l'au-delà ses secrets et ceux de Malena.

Corazón ceniciente

En te réveillant, tu la reconnais, cette sensation familière et désagréable. Comme si le plafond était plus bas que de coutume, comme si l'air autour de toi était plus dense, comme si tout ton corps pesait plus lourd, comme si... Enfin, une chose est sûre, la journée sera difficile. Tu commenceras par l'épreuve du miroir : une mine fripée qu'il faudra reconnaître comme tienne. Pas le choix. Et l'eau de bleuet sur les paupières n'améliorera guère la situation. Très vite, tes pressentiments se confirmeront : la voiture refusera de démarrer et bien entendu, tu arriveras en retard chez le médecin. Tout cela répond à un schéma cohérent et implacable que tu acceptes sans le comprendre. Un genre de loi de Murphy, cette histoire de tartine beurrée tombant systématiquement du mauvais côté…

Le taxi fonce à toute allure sur l'avenida Libertador. Il se faufile entre voitures et autobus en prenant tous les risques, au mépris du frein et de ta peur croissante. Mon Dieu, protégez-moi. Tu as beau te raisonner : à Buenos Aires, ils conduisent tous comme ça, il n'y a pas à s'inquiéter. Tu as beau respirer profondément pour te détendre, la peur, cette chose visqueuse et répugnante colle à ton corps. Tes mains humides s'agrippent au siège. Deuxième feu brûlé, un pincement au cœur. Suivant une technique éprouvée, mais insuffisante aujourd'hui, tu regardes de côté. Penser à autre chose, se détacher du présent, pas facile. Maintenant, le chauffeur use du klaxon comme d'une sirène pour avertir du passage de son bolide, autre habitude argentine.

Tu devrais lui dire d'aller moins vite, crier que tu es malade, tu devrais oser : « Señor... » Une violente secousse te rejette sur le dossier. Feu rouge. Tu reconnais l'avenida Alvear et la splendeur des boutiques de luxe rutilantes sous le soleil. Un vendeur de couteaux s'approche de vous. D'où vient-il ? Tu ne l'as pas vu se faufiler entre les voitures. Le soleil le fait cligner des yeux tandis que les lames de couteaux lancent des éclairs. La grimace du vendeur, son aspect misérable, ses couteaux en feu te projettent dans un scénario-catastrophe : le vendeur se jetant sur toi avec rage et te tranchant la gorge avant que tu n'aies pu résister. Le sang coulant à flots... Feu vert.

Tu as fermé les yeux, épuisée par l'émotion. Pourquoi souffrir tant ? La peur a bondi comme un diable de sa boîte, et te voilà à sa merci, moite et affaiblie. Mais que se passe-t-il ? Le chauffeur s'est tourné vers toi et te dévisage avec stupeur et agacement. Tu remarques alors que vous êtes arrivés.

Dans la salle d'attente du médecin où s'ennuient trois personnes, tu essaies de gravir les échelons qui mènent de l'état de bête traquée à celui d'être serein. Tu as oublié la couleur du jacaranda, le parfum d'azahar, la fleur d'oranger.

Tu te réfugies derrière un magazine composé pour l'essentiel de photos de femmes en maillots de bain, aux corps désespérément parfaits, aux sourires factices et arrogants. Ces créatures te narguent, toi et tes kilos en trop, tes ongles rongés et tes allures de collégienne attardée. Elles, les reines de la séduction, du plaisir, du bonheur peut-être.

Le diagnostic du médecin est sans appel : « rétractation cardiaque ; votre cœur fait grise mine, il est cendré et amoindri. » Tu trouves que ce n'est pas un vocabulaire très médical. Après un temps d'arrêt, il demande : « Êtes-vous heureuse ? » Tu ne sais pas quoi répondre. « Des raisons de vous sentir triste dernièrement ? » Face à tes balbutiements, il semble perdre patience et prescrit des séances de thérapie

holistique, en omettant de t'expliquer de quoi il s'agit.
La consultation est terminée. Tu aurais dû lui parler des émotions violentes qui t'épuisent quotidiennement, de cette anticipation anxieuse qui te fait redouter le pire à chaque instant, de tes mains ruisselantes d'émoi, de tes peurs imaginaires. Tu ne lui as parlé de rien. À quoi servait donc ce médecin ? Tu fais toujours de même, tu préfères ne rien dire et t'effacer. Passer inaperçue et te faire oublier. Mais crois-tu donc que la mort t'oubliera ? Sait-on jamais… on peut toujours essayer.
Dehors, un ciel bas. Dans la chaleur estivale, l'air vient à manquer. Tu ressembles à un piéton qui, sans le savoir, aurait le corps entièrement immergé dans l'eau et ferait des efforts inouïs pour avancer plus vite. Ainsi, à grand-peine, tu marches le long de la calle Ayacucho en songeant aux paroles du médecin. Tu as tourné machinalement calle Vicente Lopez, et tu longes à présent les murs du cimetière de la Recoleta. Tout est tranquille : là au moins, pas de surprises, les morts ne t'effraient pas.
Heureuse ? Malheureuse ? Qui sait ? Est-ce donc si important ? Ta vie est opaque, ton avenir aussi : des journées pleines d'obligations tracent, les unes après les autres, un chemin maussade aux contours incertains. Devoirs accomplis, devoirs négligés alternativement, mais toujours des devoirs. Tu as pourtant eu des heures radieuses. C'était l'époque où tu avais le courage d'espérer. Vision fugace d'une porte entrouverte d'où s'échappent des flots de lumière, un océan étincelant de soleil. Cet éblouissement absolu qu'on appelle l'amour, tu n'arrives plus aujourd'hui à le regarder en face. Tu clignes même des yeux. Il te fait mal. Combien de temps te faudra-t-il encore pour l'oublier ? «Un corazon ceniciente », voilà ce qu'a dit le docteur, dans cette langue

espagnole que tu aimes tant. Un cœur cendré, un cœur amoindri... Pas très scientifique tout ça. Une vieille chanson de Pétula Clark te revient aux lèvres «Cœur blessé, torturé, par tout le mal que tu m'as fait» (que tu chantonnes avec l'accent anglais)… Même en pleine évocation nostalgique, se glisse souvent un grain de bouffonnerie. C'est ce qui te sauve. De la mélancolie.

Une rencontre coupe court à l'évocation des souvenirs.

— Francesca ! Quelle bonne surprise ! crie de loin ton amie Ana, un sourire charmeur sur les lèvres.

— Oui, vraiment, c'est amusant, dis-tu, soulagée, en l'embrassant.

— Quoi de neuf ?

— Nous préparons les vacances. Et vous ?

— Nous, pas encore. Où partez-vous cette année ?

La conversation continue sur ce ton. Ensuite, Ana te propose de te raccompagner en voiture. Le retour en taxi t'est ainsi épargné. Chemin faisant, sur l'avenida Libertador, vitres baissées et cheveux au vent, vous parlez des enfants, des maris, de son chien, de ton jardin. Tu te sens délestée de l'obligation de réfléchir, c'est si facile de rester à la surface des choses, en état d'apesanteur. C'est si reposant de ne plus penser. Médecins et fantômes se sont évanouis sans laisser de trace.

Vous passez par les rues paisibles et arborées de Belgrano, il s'en dégage un délicieux parfum d'azahar qui semble t'inviter à la somnolence. Les yeux mi-clos, tu laisses Ana parler et tu acquiesces seulement de temps en temps.

— Francesca, tu te sens bien ?

— Oui, oui, très bien. Dis-moi, est-ce un devoir d'être heureuse ?

Ana hésite un instant et puis éclate de rire, un rire sûr et tranchant comme une lame de couteau.

— Mais où vas-tu chercher des idées pareilles ?
Il suffit de rester à la surface des choses, sans intérêt, sans plaisir ni douleur. Il suffit de se laisser porter par le temps à l'autre bout de la vie, là où plus rien n'est possible.
C'est vrai, où vas-tu chercher des idées pareilles ? Et d'abord, est-on vraiment maître de ses idées ? D'où viennent-elles ? Cela importe peu. Tu essaies de t'en convaincre tandis que, des deux côtés de la voiture, les maisons défilent silencieusement à reculons.
Tes idées à toi ne connaissent pas de limites. Alors que tu te sens coincée, attrapée au piège d'une vie quotidienne ennuyeuse, elles germent et se développent en toute liberté. Cela a toujours été le cas, depuis toute petite, sous tes airs d'enfant sage, il y avait un bouillonnement diabolique. Est-ce que tu ne devrais pas agir ou réagir ? Est-ce que tu ne devrais pas donner un coup de pied dans le décor immobile de tes jours ? Tu découvrirais peut-être que ce n'est qu'un simple décor en carton-pâte. Pousser un cri strident pour transpercer le silence et la quiétude qui t'étouffent ? Approfondir ton souffle et élargir ton cœur ? Dire enfin Non lorsque tu n'as pas envie de dîner chez Horacio et Maribel ou de passer le week-end avec des gens qui ne te sont proches d'aucune manière. Tu avais tant de rêves, Francesca ? Les as-tu oubliés ? Tu décrirais le monde, avec des mots, ou des couleurs, tu chanterais à perdre haleine pour vibrer de cette musique qui t'habite, corps et âme, tu aimerais passionnément, parce que tu sais que c'est ton destin et que tu es douée pour ça ; ta vie serait un poème vivant, parce que c'est ce que tu désires le plus au monde. Est-ce que ce n'est pas à toi que tu dois tout cela ? La vie passe, Francesca, la vie passe, et cela importe… « Let the Sunshine in… », encore une mélodie d'autrefois.

Ce dialogue intérieur, tu le connais bien, il t'obsède, mais tu refuses de traiter maintenant ces questions existentielles. Plus tard, lorsque ce sera le bon moment… Tu as bien droit à une trêve, toute éphémère soit-elle. Paresse ou déni, lâcheté ou désespoir, qui sait ? Le parfum d'azahar t'enivre, l'air est si léger. Alors, vitres baissées et cheveux au vent, cœur cendré ou pas, tu arraches à l'après-midi naissante une heure, juste une heure d'insouciance.

Square de l'Oiseau-Lunaire

« Comme si la vraie formule d'attendre était
celle-ci : ne rien prévoir sinon l'imprévisible.
Ne rien attendre, sinon l'inattendu. »

Christian Bobin
Éloge du rien

Raphaël – 12 mars 2019

Tout a commencé par un grésillement suspect. Un grésillement métallique, accompagné d'un écran noir, bientôt saupoudré de pluie ou de neige, comme on voudra, un vrai rideau scintillant, de plus en plus dense. L'antenne, peut-être ? Raphaël débranche le câble-antenne, le rebranche, pas de différence. Il éteint la télévision, la rallume, comme il procède avec tous les appareils défectueux (y compris avec la photocopieuse de la boutique). Pas d'amélioration. Il appuie sur les touches de la télécommande, à la recherche d'une chaîne claire. Il n'y en a aucune. Pas vrai ! Elle commence à m'énerver, celle-là ! D'un coup de poing, il frappe rageusement le poste, puis reste immobile face à l'écran noir un long moment, prostré.

Une simple panne de télévision, me direz-vous ? En réalité, c'est pour lui beaucoup plus que cela. La vie des autres, voilà ce qui l'intéresse depuis toujours. Il plonge avec délice dans toutes sortes de films qui le retiennent captifs. Qu'il soit question de tueurs en série, de femmes délaissées, d'enfants kidnappés, de chercheurs d'or, d'aventuriers en tout genre, de braqueurs de banque, qu'il s'agisse de simples portraits de famille, d'amours naissantes, ou d'esprits des morts molestant les vivants, il est partant pour deux heures de vagabondage hors de lui-même.

Presque tous les thèmes le passionnent, et les voyages dans le temps le charment tout particulièrement… Des histoires tellement plus intéressantes que la sienne ! Cette panne est tout bonnement une catastrophe. Il se nourrit de fictions télévisées avec voracité. Depuis longtemps déjà, il lit très peu, lui qui dans sa jeunesse a été un amoureux des livres. Mais aujourd'hui, à 52 ans, Raphaël ne se sent presque jamais la force ni la patience d'ouvrir un livre. Rien ne vaut cette fenêtre lumineuse qui lui fournit sa ration quotidienne de péripéties extraordinaires, assorties d'une palette illimitée de sensations et de sentiments, se dit-il avec une bonne dose de mauvaise foi et un sentiment de culpabilité sous-jacent. C'est une boîte à surprises qui l'hypnotise tout en absorbant une part non négligeable de son énergie. Cette énergie qui lui fait souvent défaut quand lui prend l'envie d'écrire.
Dans sa vie ordinaire, il côtoie beaucoup de gens, mais ne fait que frôler leurs vies. Il travaille, à deux pas de chez lui, dans une modeste boutique de la rue Blomet qui l'emploie pour la vente d'articles de papeterie et le maniement de la photocopieuse. Rien de palpitant, rien de lucratif. Alors, le soir, il vit par procuration des aventures qu'il fait siennes. Son identification aux personnages est remarquable. Est-ce un don ou un défaut ? Il préfère ne pas trancher. Sa capacité d'empathie semble infinie : assis sur son canapé, il souffre le martyre, pleure à chaudes larmes ou ressent une félicité proche de la béatitude. La terre pourrait bien trembler sous ses pieds, il ne s'en rendrait pas compte tandis qu'il s'adonne à son activité favorite. Car il est en immersion, et même en apnée, médusé, loin, bien loin de la réalité.
Pour égayer les longues après-midis à la papeterie, il s'est habitué à faire de temps en temps une copie supplémentaire, à la barbe du client et du patron, une

copie qu'il garde pour lui. Il affectionne les cartes d'identité, passeports, livrets de famille dont il s'est constitué un fichier secret. Il garde parfois aussi des articles de journaux qui remplissent tout un classeur, un début de collection, peut-être. Aujourd'hui, une jeune femme lui a confié son livret de famille. Son visage lui est vaguement familier. Qui est-elle ? Il n'a pas eu le temps de lire les informations contenues dans le document mais s'est débrouillé pour en faire une copie supplémentaire, glissée dans la poche de son blouson. Voilà à quoi il consacrera sa soirée sans télé ! Une vie à imaginer, à essayer de reconstituer.

Ma vie m'ennuie,
La vie des gens
C'est beaucoup plus intéressant.
Des jours et des nuits
À me demander pourquoi
Il faut toujours être soi.

Il a griffonné ces lignes sur un carnet. De retour chez lui, il déplie avec fébrilité la photocopie secrète et sélectionne les données essentielles :

Malena Moretti, née le 2 juin 1975 à Valparaiso, Chili. Mariée à Jean-Paul Thibault, le 3 mai 2000 à Paris 14ème. Mariage dissous le 10 septembre 2015.

Ça y est ! Il sait d'où il la connaît : des cheveux bruns coupés au carré, un visage allongé au teint mat et des yeux en amande, il la croise parfois dans le hall de son immeuble. Et d'ailleurs, elle habite juste en dessus de chez lui. Il fait un calcul rapide : elle a presque 44 ans, Malena Moretti, sa voisine. Sa curiosité s'aiguise à mesure que prend forme un projet : il va récolter le maximum d'informations sur elle, recomposer sa vie, percer ses secrets. Il pourra obtenir de précieux renseignements sur le rythme de ses journées en étant attentif à divers signaux sonores. Dans quel but ? Il est en manque de héros et d'héroïnes à qui s'intéresser, et les télés neuves coûtent trop chères, Malena fera l'affaire.

Malena -14 mars 2019

Malena enroule une boucle de ses cheveux bruns autour d'un doigt, puis elle le déroule, en un geste inconscient qu'elle répète tandis qu'elle corrige les copies de ses élèves. Elle s'est levée à l'aube pour avancer son travail. À cette heure volée à la nuit, il n'y a quasiment aucun bruit. La faible lumière semble abaisser le niveau d'exigence et les actes eux-mêmes sont sans importance. En ce temps intermédiaire, elle ressent la pâleur de la ville comme un cadeau de silence et de paix offert à quelques privilégiés. Elle pourrait l'appeler l'heure blanche, celle qui suit l'heure bleue célébrée par les peintres… Peut-être faut-il attendre que se forment les ombres, qu'elles se densifient, que s'accentuent les contrastes pour que les choses et les actes reprennent leur poids et leur sens.
En voilà un qui maltraite drôlement l'orthographe espagnole ! pense Malena. Il manque tous les accents toniques et les verbes sont conjugués n'importe comment. Les annotations en rouge fleurissent de plus belle sur la copie. Elle s'étire longuement puis abandonne sa tâche. Une bonne douche, c'est ce qui lui faudrait pour compenser le manque de sommeil. Cinq minutes plus tard, sur fond de bruits d'eau, s'élèvent des mélodies variées. Le chant de Malena rebondit sur les carreaux verts et s'émousse à peine sous le jet puissant. « Rien n'est jamais acquis, à l'homme, ni sa force, ni sa faiblesse …» La salle de bains est son lieu de prédilection pour chanter. Chacun sait que l'acoustique y est excellente, et personne ne l'entend (du moins, c'est ce qu'elle croit).

En effet, même si Malena chante juste et a une voix agréable, elle craint de l'exposer. Sa timidité naturelle est plus forte que tout. C'est pourquoi le lieu de la toilette est l'espace idéal pour s'affranchir de ses peurs et laisser s'écouler sans entraves la musique qu'elle porte en elle. Un moment de liberté et de bonheur, bref, mais régulier, car répété au fil des jours. Et puis quand elle chante, elle perd son léger accent étranger. Elle se remémore ce film de Woody Allen dans lequel un ténor exige qu'on transporte sur scène sa cabine de douche, seul lieu où il est capable d'exprimer son art. Elle en avait pleuré de rire. Oui, ce dispositif extravagant lui conviendrait à merveille. Elle a le sens de l'autodérision et n'hésite pas à se moquer d'elle-même.

« …Il n'y a pas d'amour heureux… » Parfois ce sont d'anciens boléros latino-américains qui lui viennent aux lèvres : « Ya no estás más a mi lado , corazón… » Toujours des histoires d'amour tragiques pour lesquelles elle s'amuse à adopter un ton sentimental. Vite, elle doit partir au travail. Malena habite dans un joli coin de Paris, au cœur du quinzième arrondissement, et le lycée Victor Duruy où elle enseigne n'est pas loin. Du 3, rue Borromée au 33, Boulevard des Invalides, il y a une promenade qu'elle fait souvent au pas de course, sans pouvoir vraiment en profiter. Mais c'est au retour qu'elle s'accorde de flâner en traversant les pelouses de l'avenue de Breteuil, et surtout de s'arrêter un instant rue Blomet, au square de l'Oiseau-Lunaire. La sculpture de Miró qui lui a donné son nom y trône, mystérieuse et imposante. Vivre non loin du square lui semble un privilège qu'elle ne manque jamais de rappeler : « J'habite près du square de l'Oiseau-Lunaire », à l'étonnement de son interlocuteur qui n'a, en général, pas la moindre idée de l'endroit dont il s'agit. Et pourtant, ce nom poétique est

ce qui l'a tout de suite frappée et attirée lorsqu'elle a emménagé, il y a près de cinq ans, plus encore que le bel immeuble à la façade de pierres et briques qui abrite son petit appartement. Être née à Valparaiso (Vallée Paradis) l'a sans doute rendue sensible aux sonorités des noms, à ceux qui invitent au rêve …
Lorsqu'elle n'est pas trop pressée, elle aime retirer ses lunettes de myope et se passer d'une vision nette et précise. Aux contours bien dessinés, elle préfère cet horizon brumeux d'où ne se distingue qu'une composition un peu abstraite aux couleurs vaporeuses, un paysage à la Turner. Un environnement vague et même flou lui apporte une forme d'apaisement. Dès lors que rien n'est défini, que rien n'est certain, tout est possible. Les objets semblent douter d'eux-mêmes ; ils se cherchent et s'estompent comme un songe. Elle déambule avec aisance dans ce monde ennuagé et s'imagine marcher sur du coton, ce qui provoque chez elle un léger vertige. Aucun choix n'est arrêté, aucune décision n'est irrévocable, rien ne tire plus à conséquence, voici le temps de l'avant, du chaos qui précède la création, le tohu-bohu des origines. Évidemment, cette méditation biblique ne dure que le temps d'une promenade et puis Malena remet ses lunettes, et chaque chose, l'une après l'autre, retrouve sa place.

Raphaël – 22 mai 2019

Ce qu'il aime par-dessus tout, c'est l'entendre chanter de bon matin. Un air de gaieté flotte dès sept heures, bien que les mélodies soient souvent mélancoliques. Pour ne pas risquer de manquer ce moment, il met son réveil cinq minutes plus tôt et s'en va directement à la salle de bains qui se trouve juste sous la sienne. Et là, assis sur un tabouret, il attend le début de la séance. C'est son rituel depuis deux mois. Aux premières gouttes d'eau, il frétille

d'impatience, quelques grincements de tuyauteries et ça ne manque jamais, aux gouttes tambourinant sur le carrelage succèdent les notes chantées qui ruissellent tout aussi bien mais avec douceur. Elles caressent l'espace tandis que le jet d'eau claque. Pourtant aujourd'hui, que se passe-t-il ? Aucun chant ne s'élève. Il a beau tendre l'oreille, ce ne sont que bruits d'eau. Malena a-t-elle des soucis ? Est-elle malade ? C'est tout à fait inhabituel depuis qu'il vit à son rythme.
Il décide d'essayer de la rencontrer dans le hall afin de capter l'expression de son visage. Il se poste près de la boîte aux lettres, un peu avant 7h 45, heure à laquelle retentit tous les jours le claquement de sa porte. Et il la voit passer, tête baissée, le pas trop lent, la mine terne. D'ailleurs, elle ne s'aperçoit même pas de sa présence. C'est certain, cette femme est ce matin pleine de tristesse. Il aimerait en connaître la raison, par pur altruisme, parce qu'elle lui est sympathique, familière même (ne fait-elle pas partie de son quotidien ?) et qu'il voudrait l'aider. Raphaël remonte chez lui et échafaude toutes sortes de stratégies. Une certitude : il aurait dû la suivre… Evidemment ! C'est l'histoire de sa vie, il a du mal avec l'action et ne réagit pas assez vite. Il le fera demain pour savoir où elle travaille.
Mais par une chance inespérée, l'après-midi même il la voit entrer dans la boutique et s'intéresser au présentoir de stylos.
— Puis-je vous aider ?
— Oui… je cherche un roller noir et un cahier à petits carreaux.
— C'est le bon présentoir, et les cahiers sont sur cette étagère.
Raphaël remarque une légère intonation chantante, même pas un accent, mais se garde de dévoiler qu'il connaît son origine chilienne. Il s'empresse à ses

côtés, lui propose toutes les marques, tous les modèles et tous les prix de stylos. De fil en aiguille, il arrive à engager une vraie conversation avec elle. La jeune femme s'anime peu à peu, jette à un moment un regard étonné sur cet homme si affable. On dirait qu'elle n'est pas habituée à tant de gentillesse. Elle parle des difficultés de son métier d'enseignante, il lui avoue adorer regarder des films à la télévision. Malena préfère le cinéma mais n'a pas beaucoup le temps d'y aller. Il finit par lui confier ce qu'il confie rarement : il a un manuscrit de roman dans son tiroir et n'ose pas le montrer.

— Envoyez-le à un éditeur !

— Je n'arrive pas à me décider.

— Il parle de quoi votre roman ?

— En gros, c'est un homme très seul qui s'adresse à une agence matrimoniale.

— Ça existe encore les agences matrimoniales ?

— Mais oui !

— Si vous voulez, enfin, je ne veux pas vous forcer la main, je peux le lire et vous dire ce que j'en pense.

Les yeux de Raphaël brillent plus qu'à l'ordinaire, signe de grande joie. Il n'aurait jamais pensé que ça pourrait l'intéresser. Il accepte mais n'a pas oublié son premier objectif : comprendre pourquoi Malena a l'air si triste. Elle répond sans qu'il ait besoin de poser la question.

— Vous savez, je viens de perdre quelqu'un de très cher et cela me distraira de lire votre manuscrit.

— Merci, merci ! Alors, je le déposerai chez vous. Où habitez-vous ?

— Tout près, au 3, rue Borromée.

— Ça alors ! (Quel hypocrite, il fait).

— Quoi donc ?

— Moi aussi !

Malena éclate de rire et ce sont comme des perles brillantes qui roulent sur le sol. Il les rattrape au bond et rit lui aussi. Puis ils échangent leurs noms. Il est soulagé qu'elle connaisse à présent son statut de voisin.

Malena- 22 mai 2019

Malena se sent plus d'entrain en rentrant chez elle. Se faire un ami, ça n'arrive pas tous les jours. Il a quelque chose de rassurant ce Raphaël, avec sa crinière grise et son sourire bon enfant. Ça tombe bien après la nouvelle qu'elle a eue hier soir : Mariana, son ancienne camarade de faculté, est morte. Elle croyait avoir encore du temps à passer avec elle malgré le mauvais pronostic des médecins sur sa maladie. Pourquoi tellement vite ? Elle se souvient de cette formule qu'elle trouvait si ridicule dans les faire-part de décès : « enlevée trop tôt à l'affection des siens ». Et pourtant, c'est exactement cela, et les clichés sont parfois d'une justesse agaçante. En quelques mois, le cancer avait vaincu sa proie. À Mariana, elle pouvait tout dire et son amie en faisait autant, depuis des années. Cette intense complicité, cette immense indulgence qu'il y avait entre elles deux, où les placerait-elle désormais ? Oui, c'est égoïste de voir les choses ainsi, au lieu de penser à la tristesse de sa famille, mais elle ne peut s'en empêcher. Mariana avait une place importante dans sa vie, et cette place se retrouvait vide. À qui parlerait-elle de ses doutes, de ses craintes, de ses renoncements ? De ses espoirs, de ses émerveillements, de ses bonheurs ? Tout en remuant ces pensées tristes, Malena tourne entre ses mains un coquillage qui orne habituellement la bibliothèque. C'est une conque magnifique rapportée de voyage par ses parents, comme celles dans lesquelles on croit entendre la mer : à un bout, plusieurs petites crêtes forment un chapeau et, se prolongeant en fuseau, une surface lisse, brillante et orangée est surmontée d'une sorte de vague. Là, dans ce creux, elle a soudain envie de chuchoter ses peines, de susurrer des confidences, et même de souffler des mots doux. Murmurer à l'oreille d'un coquillage, c'est inhabituel, pense-t-elle. Elle a l'idée de le poser sur un cendrier de cuivre, ornementé de feuillages et de fleurs qu'on lui a offert il y a longtemps. Elle l'a ensuite abandonné sur une étagère, en se demandant à quoi il lui servirait. Et voilà, elle a trouvé la place de cet objet rococo. Sur cette base miroitante, le coquillage paraît plus brillant que jamais, irisé d'un reflet cuivré. Malena regarde sa petite installation et la trouve aussi gracieuse qu'énigmatique. Elle seule sait ce qu'elle représente : l'oreille bienveillante qui fait défaut dans son entourage.

Raphaël -24 mai 2019

Raphaël a décidé de remettre son manuscrit ce soir à Malena. Il prétexte une obligation et quitte la boutique de bonne heure. À 18 heures, il sonne chez sa voisine. Pas de réponse. Tiens, elle est rentrée du lycée d'habitude à cette heure-ci. Il attend un peu, appuyé sur le mur qui fait face à la porte, en battant une mesure rapide avec son pied, puis en faisant les cent pas le long de l'étroit couloir. À bout de patience, il décide d'aller faire un tour en attendant son retour.

Depuis qu'il a commencé à s'intéresser à sa voisine, et même à l'espionner discrètement, il s'est plus d'une fois demandé pourquoi il faisait ça, avec un brin de gêne ou de culpabilité. En fin de compte, argumente-t-il (c'est un dialogue entre lui et lui-même qu'il a l'habitude de mener, une habitude de vieux garçon peut-être), ce n'est pas plus condamnable que de s'adonner à l'activité voyeuriste de suivre de parfaits inconnus à travers une lucarne lumineuse. Oui, mais à la télé, ce sont généralement

des acteurs. Et alors ? De toute façon, sur le petit écran, où on trouve également des documentaires et des histoires vraies, c'est admis. L'important, pense-t-il, est qu'il n'importune pas Malena et ne la harcèle pas le moins du monde. Ce n'est donc qu'un passe-temps inoffensif.
Il n'a aucune vue sur cette femme solitaire et un peu triste, n'entretient aucun fantasme amoureux à son égard, c'est du moins ce qu'il s'imagine, mais n'exclue pas l'éventualité d'une relation amicale.
Sans se le proposer, il se retrouve devant le square de l'Oiseau-Lunaire, un lieu qu'il affectionne. Cette soirée de mai est particulièrement douce et c'est une bonne occasion de prendre un peu l'air. La sculpture qui garde les lieux ne ressemble pas du tout à un oiseau, remarque-t-il, comme toutes les fois où il se rend dans ce square. Elle est beaucoup trop lourde pour ça (il adore se faire chaque fois les mêmes réflexions à propos des mêmes choses, c'est une routine réconfortante). On dirait plutôt une créature hybride, un genre de Minotaure stylisé, moins effrayant, plus affable, disons, que son référent mythologique. Il se sourit à lui-même car aujourd'hui, il a ajouté un élément nouveau : ce Minotaure est sympathique ! Il baisse le regard à la recherche d'un endroit où s'asseoir et aperçoit la coiffure au carré, les yeux en amande… de sa voisine, plongée dans un livre, seule sur un banc.
— Bonsoir Malena.
— Oh, Raphaël… bonsoir, toujours des coïncidences avec vous.
— Est-ce que vous allez mieux ? Cette personne chère, disparue…
— Ah, oui, oui… ça va. C'est gentil de demander.
— Que lisez-vous ?
— Je l'ai emprunté à la bibliothèque, le journal de Frida Kahlo, vous connaissez ?

— Euh… un peu.
— Un personnage qui me fascine. Ceci est un fac-similé du journal original avec de textes et des dessins tellement imbriqués qu'on ne sait pas si les dessins illustrent les textes ou si c'est le contraire. Quelle force ! Regardez.
Raphaël se penche pour feuilleter le volume épais avec Malena : des gouaches, des encres, des écrits entremêlés, parfois superposés. Quelque chose de primitif et d'expressionniste, à la fois. Comme c'est en espagnol, il n'y comprend rien. Enfin, il repère tout de même « mi Diego », répétés maintes et maintes fois et « revolución », et puis aussi « amor, calor, dolor », écrits en énormes sur une page.
— Certains dessins ressemblent à l'oiseau lunaire, vous ne trouvez pas ? dit-il.
— C'est vrai, vous avez raison !
D'autres peintures appartiennent à l'univers du cauchemar. Tout le reste exprime une passion amoureuse poussée à l'extrême ainsi que le tourment. Le tourment de l'âme, mais surtout celui du corps, représenté comprimé, torturé ; Raphaël se souvient avoir lu une biographie sur la vie de Frida, sur les innombrables opérations qu'elle avait dû subir. Il retrouve dans ce livre la souffrance transformée en images parlantes, et même hurlantes. Il est frappé par ce concentré d'humanité, mais une question le tracasse :
— C'était bien son journal intime ?
— Oui.
— Est-ce qu'elle l'a publié de son vivant ?
— Non, pas du tout. Je pense qu'elle aurait voulu le garder secret.
— Alors, nous ne devrions pas avoir le droit de le lire.
Malena hoche la tête, ébranlée peut-être, dubitative. Raphaël pense qu'il a du culot de critiquer les

lecteurs de journaux intimes, lui qui cherche par tous les moyens à percer les secrets des gens. Il est ainsi fait : plein de questions et d'ambivalences, mais vide de certitudes.
— J'ai apporté mon manuscrit, mais je ne voudrais pas vous déranger. Je peux m'asseoir ?
— Bien sûr, attendez, je dégage un peu.
Elle met à ses pieds un gros cartable qui occupait une partie du banc puis prend le cahier relié qu'on lui tend. En gros caractères, sur la couverture : « Rencontres aléatoires ».
— J'aime bien votre titre.
— Ah oui ? Merci. Je n'en suis pas encore très sûr.
— Et si vous me racontiez l'histoire ? propose Malena.
— Comme je vous disais, c'est un homme qui se sent seul et qui décide, après beaucoup de tergiversations, de se rendre dans une agence matrimoniale. Il a hésité parce que c'est une démarche qui lui semble démodée et un peu ridicule. Mais les sites de rencontre sur internet lui font peur, il en ignore les codes. Il a besoin que quelqu'un s'occupe de son cas, le prenne en mains, une personne humaine et pas un algorithme. C'est ce qu'il trouve en la personne de Colette, la directrice de l'agence.
— Pour l'instant, ça me plaît.
— En fait, pour moi, le personnage le plus intéressant est Colette qui va le materner, le rassurer, le relooker et lui apprendre à ne pas partir perdant, comme il le faisait chaque fois. Un soleil, cette Colette !
— Et ça va fonctionner ?
— Difficile à dire… J'ai l'habitude, ou la manie, de tourner autour des sujets, de ne jamais les aborder frontalement, de sorte que le roman est comme ça, il raconte sans vraiment la raconter cette histoire de

désir de rencontrer une femme. Vous me direz si c'est confus.
— Ça commence à m'intriguer. Ne vous inquiétez pas, je serai sincère…
Malena se penche pour ranger le manuscrit dans son cartable et s'interrompt :
— Vous voulez le journal de Frida Kahlo ? Je vous le prête.
— C'est que je ne comprends pas l'espagnol.
— Pas grave, il y a les dessins, les autoportraits à regarder, et puis les textes sont traduits à la fin.
— Dans ce cas-là, je suis preneur !
— Il y a un moment de la vie de Frida qui m'émeut tout particulièrement : atteinte par la gangrène, elle craint qu'on ne l'ampute d'un pied ou d'une jambe. Et c'est d'ailleurs ce qui arrivera peu après… Elle dessine ses pieds comme des morceaux de statues sur un piédestal et écrit ces mots : « *Pies para qué los quiero, si tengo alas pa' volar* », que je vous traduis : Des pieds, à quoi me serviraient-ils ? Moi, j'ai des ailes pour voler.
Raphaël se tait. Il a besoin de temps pour assimiler. Ensuite il dit. :
— Vous croyez qu'elle arrivait vraiment à se consoler avec cette histoire d'ailes ?
— Qui sait ? Qui connaît les limites de la volonté, de la passion, de l'imagination ? Des forces capables de la soulever au-dessus de la Terre ?
Raphaël écoute puis ajoute simplement :
— Je rentre, nous faisons le chemin ensemble ?

Épilogue

Quelques instants plus tard, Malena et Raphaël, sourire aux lèvres, quittent le square de l'Oiseau-Lunaire et se dirigent d'un pas agile vers le numéro 3 de la rue Borromée. Tout en marchant, Malena a l'impression qu'elle a peut-être trouvé un substitut à l'oreille du coquillage. Quant à Raphaël, soyez-en assurés, il a complètement oublié sa télévision cassée.

Au pays de Casiment

Au pays de Casiment, lorsque vous arrêtiez un passant dans la rue pour demander l'heure, il vous répondait : « Il est presque… six heures moins le quart », ou bien : « Il est quasiment huit heures ». Si votre question portait sur la boulangerie la plus proche, il y avait des chances pour qu'on vous indique : «Presque à l'angle, vous voyez ? de ce côté-ci », ou bien : « Pas tout à fait à cent mètres sur votre droite ». J'étais étranger et découvrais avec étonnement cette région ignorée. La plupart des immeubles étaient inachevés. Il y manquait un balcon ou un portail d'entrée ; les enseignes des magasins portaient des noms bizarres, tous tronqués : « Bar Tab » ou « Librai » que je m'amusai bientôt à compléter mentalement. La plupart des façades étaient en ravalement, si bien que les trottoirs étaient encombrés d'échafaudages. « Pourquoi y en a-t-il tellement ? » demandai-je à un épicier qui prenait le frais devant sa boutique. « Oh, c'est presque terminé ! », me déclara-t-il sans hésiter.
Les rues portaient des noms qui ne me disaient rien : Ernest Duchesne, Antonio Meucci, Anatole Zébu… En m'approchant des plaques explicatives, je pus lire quelques lignes de biographie sur chacun d'eux. Le premier, Ernest Duchesne était un médecin français, qui avait fait des recherches concluantes sur les propriétés thérapeutiques des moisissures, trente ans avant l'invention de la pénicilline, et aurait pu supplanter Alexander Fleming ; le second, Antonio Meucci, était un Italien qui avait failli être reconnu comme l'inventeur du téléphone à la place d'Alexander Bell car il avait mis au point, bien des années plus tôt, le « *telettrofono* » … quant à Anatole Zébu, citoyen du monde, sa vie n'avait pas été

une réussite : recalé du concours Lépine en 2003, il avait essayé de concevoir une machine à dépolluer l'atmosphère, sans jamais y parvenir tout à fait.
Mes déambulations me menèrent non loin du stade où j'avais rendez-vous pour un échauffement. Je devais participer à une compétition d'athlétisme le lendemain et il me tardait de connaître les lieux. J'avais eu du mal à me décider, comme à l'accoutumée : pesant le pour et le contre, me projetant dans l'avenir, anticipant toutes sortes d'inconvénients liés à la pratique sportive en terre inconnue. Il y avait aussi cette entorse tout juste guérie, mes élèves du cours de gym qui me réclamaient et mon canari que la voisine oublierait peut-être de nourrir. Mais enfin, et cela m'étonnait moi-même, j'étais bien là.
Monsieur Stillnot, l'entraîneur, m'accueillit aimablement et s'excusa de l'état du stade qui avait été à moitié dévasté par une tempête, la semaine précédente. En effet, des bâches vertes recouvraient les tribunes endommagées et une partie du terrain. L'entrainement ne pourrait avoir lieu mais tout serait remis en état pour la compétition. Je sentis qu'il était réellement affecté et cela me toucha. Je le rassurai : peu m'importait que l'échauffement ait été annulé. L'essentiel était de pouvoir courir le lendemain à un niveau national (et d'essayer d'emporter la victoire, car telle était mon ambition).
Le lendemain, je me présente tout frétillant, le moral au beau fixe, disposé à déployer l'étendue de mes capacités et de mon énergie afin de parcourir les huit cents mètres réglementaires. Malgré le mauvais temps, le stade est plein à craquer.
Mon genou touche terre lorsque le starter commence à hurler les commandements d'usage : « À vos marques ! » Je retrouve avec bonheur le rituel de tous les débuts de course. « Prêts ? », le poids du corps bascule en avant, le cœur bat plus vite, la

vigilance est accrue, dans une seconde ce sera la seconde à ne pas manquer. Soudain, une voix s'élève : « Attendez, pas tout à fait ! » Stupeur dans notre groupe. Un des compétiteurs s'est redressé et a fait cette étrange sortie, en réponse à une question qui n'en est pas une. Les spectateurs retiennent leur souffle et se penchent pour essayer de comprendre ce qui se passe. J'ignore que cette interruption est très fréquente à Casiment. Il est même rare, semble-t-il, que le « Partez » et le coup de feu de départ résonnent au moment attendu. En relevant la tête, j'observe le coureur : un jeune homme pâle et longiligne. Il explique : « Le terrain est détrempé, nos semelles collent au sol, ce ne sont pas des conditions correctes pour l'épreuve de demi-fond ! » J'ai moi-même remarqué ce problème mais n'ai pas osé m'en plaindre. Ce sont des choses qui arrivent, la météo étant, comme chacun sait, très capricieuse. Le starter semble ébranlé par ce discours. Il se gratte le front puis, à notre grand soulagement, nous demande de nous redresser. Il faut dire que nous sommes dans une posture inconfortable qui n'est pas faite pour durer : la position de déséquilibre qui précède exactement l'instant où l'on s'élance à grandes enjambées, affamés d'espace, prêts à avaler des centaines de mètres de poussière.

Après quoi, le starter s'éclipse, sans doute pour délibérer avec ses assesseurs. Pendant ce temp-là, le public s'agite. La rumeur se déploie comme une onde sinusoïdale qui va croissant et finit par se transformer en un brouhaha général. Tout cela dure et dure encore, je ne saurais dire combien de temps car ma tension se relâche et mon esprit se met à vagabonder, à imaginer à quoi pouvait bien ressembler le *telettrofono* d'Antonio Meucci.

Le fait est que la compétition n'eut pas lieu ce jour-là. C'est Monsieur Stillnot qui fut chargé de l'annoncer au public, et sa mine contrite m'inspira de la pitié, lorsqu'il prit le micro. À Casiment, la plupart des évènements sportifs ou culturels étaient annulés à la dernière minute, m'apprit-on. En cause : la météo, mais aussi, le rhum du maire, l'angine du ténor, la tendinite du joueur de rugby, la dépression du batteur, l'occlusion intestinale du régisseur de théâtre, la soudaine cécité du jockey, la rage de dents du projectionniste, et j'en passe… Ces contretemps étaient devenus une tradition et les paris allaient bon train : qu'est-ce qui va se mettre aujourd'hui en travers de notre chemin ? Sans oublier des incidents mineurs qui suffisaient tout de même à tout gâcher : défaillance de matériel comme les starting blocks coincés ou le pistolet enrayé.

Une des particularités de cette région de Casiment était qu'elle ne possédait pas de gare. La plus proche se trouvait à douze kilomètres de là, dans la capitale, Quasiville. Lorsqu'on nous annonça que la course était reportée à la semaine suivante, je partis seul à pied. À l'aller, j'avais bénéficié d'une place dans la voiture d'un camarade, mais je ne voulus pas dépendre de lui pour le retour. Les indications qu'on me donnait sur le chemin étaient des plus fantaisistes : « Après le sixième peuplier, là où coule la source, tournez à gauche, puis, dix ou douze pas avant la ferme au toit percé, obliquez, un peu à droite ou peu s'en faut »… Difficile dans ces conditions d'arriver à destination. Je passai quatre heures à zigzaguer, à avancer puis à revenir sur mes pas, à m'égarer dans les sous-bois, avant d'atteindre enfin la gare de Quasiville.

Un spectacle étrange m'y attendait : sur les bancs de la station, plusieurs personnes assises avaient les bras levés, immobiles, comme si elles tenaient quelque chose entre leurs mains, mais elles ne tenaient rien. Je m'informai au guichet :

— Pardon, que font ces gens ?
— On voit que vous n'êtes pas du pays. Ils attendent le journal.
— Comment ça ?
— Faut tout vous expliquer à vous ! L'édition gratuite du soir est sur le point d'arriver, alors ils se préparent. Le coursier qui les distribuera n'aura plus qu'à les disposer entre les mains déjà positionnées.
Je restai un moment à observer ces futurs lecteurs de journaux, figés dans leur attitude. Lorsque le coursier arriva à vélo, il les délivra un à un de leur invisible carcan. On aurait dit qu'il rétablissait le mouvement d'un coup de baguette magique. Je souris à ce qui évoquait les contes de mon enfance. Mais je n'étais pas au bout de mes surprises. Depuis que j'étais arrivé, la lumière orange, annonçant l'entrée en gare du train et la fermeture imminente du passage à niveau, clignotait. Cependant, les minutes passaient et je ne voyais toujours rien à l'horizon, à part la file de voitures qui s'allongeait dans l'attente du passage du train. Les heures passèrent. Au guichet, on me répondait invariablement :
— Il est sur le point d'arriver.
— Mais vous dites toujours ça ! Il est très en retard !
— Ça n'arrive presque jamais.
Presque jamais ! Presque jamais ! Cette expression qui ne constituait en rien une excuse ou une consolation mit ma patience à bout. La situation devenait de plus en plus absurde, faisant monter la colère en moi jusqu'à me rendre (intérieurement) grossier : j't'en foutrais, moi, des presque jamais !... Et puis la vieille entorse se réveillait, je commençais à boitiller et à regretter sérieusement d'être venu jusque-là.
Un peu plus loin, sur la route nationale, une voiture se rapprochait. Je courus vers elle et, juste avant qu'elle n'arrive à ma hauteur, j'agitai mon pouce bien dressé pour établir sans conteste ma qualité

d'auto-stoppeur. Par chance, la voiture s'arrêta. Au volant, une femme entre deux âges, au visage ingrat et fermé, baissa la vitre et me demanda avec brusquerie où j'allais. Il se trouvait que ma destination était sur le chemin de la sienne et elle me fit signe de monter à côté d'elle. Une fois ma ceinture bouclée, j'essayai d'engager la conversation avec la conductrice, mais ce fut peine perdue. Elle avait un air si buté et peu engageant que je me demandais même pourquoi elle avait accepté de me prendre dans sa voiture. Soudain, quelques kilomètres avant d'atteindre le but du voyage, elle arrêta la voiture et me demanda de descendre.

— Mais il ne manque que…

— Vous y êtes presque, me coupa-t-elle, au revoir !

Cette automobiliste devait être originaire de la région de Casiment où elle avait contracté les mêmes manies que ses habitants… Alors, je terminai la route, clopin-clopant. Moi-même, sans le faire exprès, je commençais à les imiter. Ainsi, lorsque mes amis me demandèrent comment s'était passée la compétition, je leur répondis par un « Elle a failli bien se passer » qui les laissa perplexes.

J'eus plaisir à retrouver ma maison, ma routine, mes élèves et mon canari. Pourtant, au plus profond de moi, quelque chose me troublait, comme une certaine parenté avec les gens de Casiment… Ma visite là-bas eut l'effet inattendu de m'ouvrir les yeux. Je compris que jusqu'alors, ma vie n'avait été qu'une suite de faux départs de course. Et si par hasard je démarrais, j'étais toujours sur le point d'atteindre mon but, mais ne l'atteignais point. Je croyais avoir le temps et remettais à une autre fois le soin de terminer ce que j'avais entrepris. Et que penser de tous ces stages d'entraînement auxquels je m'étais inscrit et que j'interrompais avant la fin, sous prétexte qu'ils étaient décevants ou ne m'apportaient rien ?

De ces relations éphémères avec des femmes qui m'attiraient un peu mais perdaient tout intérêt après la deuxième ou troisième nuit car je les avais mal choisies ? De l'abandon de la musique qui avait pourtant été l'alliée de mes plus jeunes années, avec cette certitude illusoire : Je m'y remettrai un jour, il suffit de le décider… Mais non, le piano restait désespérément muet. Que penser de toutes ces résolutions abandonnées en cours de route ? La conclusion de cette salutaire autocritique fut sévère : mes jours n'étaient qu'une suite d'ébauches, d'essais, d'exercices préparatoires, ou pire encore de renoncements.
Quand allais-je enfin me décider à oublier mes hésitations, mes doutes, à délaisser l'esquisse pour peindre avec conviction le tableau de mes jours ? « Le temps d'apprendre à vivre, il est déjà trop tard », disait Aragon. Pour la première fois, je perçus ce vers comme une menace qui m'était adressée.
Cependant, la journée s'annonçait radieuse, j'ouvris la fenêtre de ma chambre et, pris d'une inspiration subite, criai à pleine voix : « L'entraînement est bien fini ! A vos marques, prêts, partez ! »

Un mercredi à Buenos Aires

Evidemment, la maison des T. à Buenos Aires, avec sa grille en fer forgé, ses colonnades en marbre gris et le jardin qu'on devinait au loin, attirait bien des regards. Evidemment, le va-et-vient des déménageurs depuis plusieurs jours avait dû susciter l'intérêt du voisinage. Evidemment… C'est ce qu'elle pensa après. En effet, Les T., famille française, occupants des lieux depuis quelques années, rentraient au pays. Francesca, Sam, son mari, Edith et Camille, leurs deux enfants, pensaient passer cette dernière semaine tranquillement, avec juste un peu de cette nostalgie qui affleurait déjà.
Francesca attendait ce moment depuis longtemps. Ce long séjour en Argentine lui avait pourtant apporté plus qu'elle n'aurait jamais pu l'espérer : des rencontres, des amitiés et des découvertes qui allaient la marquer pour le restant de sa vie. Elle repartait avec le goût de l'écriture glissé dans ses bagages. Le mal du pays ne serait bientôt qu'un vieux souvenir.
Son bureau, au deuxième étage par l'escalier secondaire, qui était la pièce la plus élevée de la maison, dominait la pelouse du jardin. Elle passait de longues heures à la fenêtre, un stylo à la main, à siroter du café léger, en imaginant quelque chute inattendue pour sa dernière nouvelle. Ou bien, assise à son bureau en chêne clair, elle regardait l'or des cuivres du petit escalier en colimaçon qui menait à une mezzanine, et des pans entiers de ses rêveries étaient tendus de ce bois blond et de cette verdure qui l'environnaient.
C'était un mercredi. Elle s'en souvenait parfaitement, parce que c'était le jour où les enfants n'allaient pas à l'école et jouaient les uns chez les

autres. Laura, amie d'Edith, était arrivée un peu plus tôt, tandis que Camille, la plus jeune, était invitée chez une amie (la suite prouva que Camille avait été bien chanceuse). Evidemment, Francesca s'attendait à passer une après-midi délicieuse, installée dans son bureau-perchoir, à faire de courtes pauses pour s'occuper du goûter des petites filles ou vérifier qu'elles s'amusaient bien. Elle mettrait de la musique, de la guitare espagnole, peut-être, pas très fort. En bas, à la cuisine, le personnel s'affairait : la blonde Cristina, *mucama* (employée de maison) uruguayenne qui logeait dans la chambre de service à mi-chemin entre la cuisine et son bureau, la brune Juanita, femme de ménage à l'heure, aux formes et au cœur généreux, et Monsieur B, le gardien, un homme d'âge mûr dont personne ne connaissait le prénom. Ce dernier était aussi jardinier, coursier et homme à tout faire de la famille ; c'était une personne indispensable au bon fonctionnement de la maison que tout le monde appréciait pour sa gentillesse. Quand les enfants lui apportaient leurs poupées cassées, il les réparait de bonne grâce.
C'était un mercredi, le décor est posé. Les règles du jeu aussi, croyait-elle. C'était un mercredi ordinaire, à l'intérieur de cette période extraordinaire du déménagement, puisqu'une bonne partie des meubles étaient déjà recouverts de housses et que beaucoup d'objets s'entassaient dans des cartons, prêts à être envoyés par bateau à Paris.
« Comme tu dois être occupée par ton retour en France », disaient ses amies. Mais, non, pas tellement. « Préoccupée » aurait été un terme plus juste. L'avenir de son couple, de sa famille était au cœur de ses réflexions. Les choses allaient si mal entre Sam et elle qu'ils prévoyaient de se séparer en arrivant en France. Les filles allaient déjà souffrir de quitter leurs amis argentins, leur cadre de vie

idyllique, et il faudrait y ajouter cette perturbation supplémentaire…
Francesca soupira ; le concerto d'Aranjuez réveillait de gracieuses et antiques harmonies, « un air très vieux, languissant et funèbre »… Elle songea que cette musique pourrait bien être celle d'un film, celui de sa vie dont certaines scènes, décisives, lui semblait-il, restaient à tourner. C'est à ce moment-là, oui, alors qu'elle était au plus fort de ses divagations, qu'elle entendit un genre de brouhaha. Elle tendit instinctivement l'oreille vers la porte qu'elle laissait toujours entrouverte ; le bruit reprit. Elle éteignit alors le lecteur de disque et se leva, un peu agacée. Evidemment, elle était dans son rôle de personne scandaleusement dérangée. Elle ignorait quelle scène allait se jouer maintenant, sans musique de fond pour l'accompagner.
Francesca sortit sur le palier, les mains sur les hanches, le sourcil froncé, et cria en direction du bas de l'escalier :
— Que se passe-t-il, enfin ?
La réponse fut surprenante ; c'était un gémissement aigu qui se rapprochait, suivi d'un bruit de cavalcade. Cristina montait les marches en courant vers elle et disait, hors d'haleine :
— *Señora, señora…*
Francesca l'attendait en haut sans comprendre. L'explication se présenta sous la forme d'un homme armé d'un pistolet qui poursuivait la jeune femme dans les escaliers en lui demandant de s'arrêter. Cependant, l'imprudente Cristina n'obéissait pas. Un deuxième homme, beaucoup plus petit, armé lui aussi, apparut alors, s'occupant de la faire redescendre à coups de jurons et de menaces, tandis que le premier, le plus grand, arrivé au sommet des marches pointait son pistolet sur la tempe de Francesca. C'était quelque chose que Francesca

avait vu, comme tout le monde, au cinéma, en spectatrice. Mais là, on aurait dit qu'elle avait enjambé allégrement l'écran et était entrée dans le film, un film dont elle était l'actrice principale… Tout cela tournoyait à toute allure dans sa tête, car les faits, dans la réalité allaient plus vite encore. L'homme criait, ou plutôt, exigeait :

— *Dólares, dólares* !

Et elle s'entendit répondre :

— Non, je n'en ai pas.

Une lueur de fureur s'alluma dans les yeux de l'homme.

— Tu veux que je laisse tes enfants en vie ?

Les filles, mon Dieu, où étaient-elles ? Heureusement que Camille n'est pas là, pensa-t-elle en un éclair.

— Écoute bien : nous ne leur ferons rien si tu nous donnes l'argent.

— Quel argent ? Il n'y a rien ici.

— Ouvre ton coffre-fort !

— Mais, c'est que… je n'ai pas de coffre-fort.

L'homme appuya un peu plus son pistolet contre la tempe de Francesca et la poussa vers la sortie. Il avait l'intention de vérifier ses dires et de la promener comme ça dans toute la maison. C'est en reconstituant plus tard la suite des évènements de ce mercredi qu'elle distingua mieux la logique du malfaiteur.

Francesca était une personne d'allure timide et sujette à des inquiétudes souvent exagérées. Et pourtant, à cet instant où elle traversa la maison, passant de l'escalier de service qui desservait son bureau, en haut, et la cuisine, en bas, au vaste hall où trônait l'escalier principal, elle ne ressentit pas de peur, mais bien plutôt une force soudaine, la certitude qu'elle devait trouver une solution pour sauver les enfants et qu'elle était seule à pouvoir le faire. Le

« Petit » (c'est ainsi qu'elle différenciait les cambrioleurs l'un de l'autre, « le Grand » et « le Petit », quant au troisième, elle ne l'avait pas encore vu, ignorait même son existence à cet instant précis, mais l'appellerait bientôt « l'homme au bonnet »), le Petit, donc, les avait rejoints et poussait Francesca de pièce en pièce. Les déménageurs avaient quitté les lieux, laissant certains emballages terminés au milieu de grands espaces où subsistaient quelques meubles.

— Prenez tout ce que vous voulez, lança Francesca. Tenez : la télé, le piano, l'armoire, le divan…

— *No, dólares*, insistaient les hommes.

En passant devant la chambre où les filles jouaient quelques minutes auparavant, Francesca s'arrêta, cherchant à entendre le murmure rassurant de leurs exclamations et de leurs rires, mais on n'entendait rien. Où étaient Edith et son amie Laura ? La question muette fut perçue.

— On ne leur fera rien si tu nous donnes l'argent. Tu as compris ?

Tout au long de cette déambulation forcée, elle continuait à ressentir cette énergie inhabituelle. Elle, dont les craintes étaient si souvent injustifiées… C'est ce qu'elle pensa après, avec étonnement, car ce genre de remarques ou d'analyses se font toujours a posteriori, lorsque l'heure de la reconstitution et de l'interprétation arrive.

Francesca était tout entière dans cet étrange présent qui ne ressemblait en rien à ce qui avait fait sa vie jusqu'à ce jour.

Evidemment, elle saurait seulement plus tard comment s'étaient déroulés les évènements à l'étage des petites filles. Edith l'avait raconté : un homme armé d'un pistolet, le troisième, donc, et coiffé d'un bonnet, était entré dans la chambre et avait ordonné :

— Vous m'accompagnez en bas toutes les deux, bien gentiment.

Edith avait d'abord cru que c'était un des déménageurs qui s'amusait à leur faire peur :

— Non, non, on n'a pas fini de jouer ! déclara-t-elle.

Et Francesca imagina avec quelle autorité cette petite personne au caractère bien trempé avait dû répondre au bandit.

Mais l'attitude peu amicale de l'homme, son pistolet pointé sur elles, lui fit vite comprendre qu'il ne s'agissait pas d'un jeu, et les deux gamines, tremblantes, descendirent l'escalier devant l'homme armé.

Edith, malgré son aplomb, avait hérité du tempérament inquiet de sa mère qui, associé à beaucoup de vivacité et d'imagination, alimentait ses peurs enfantines. À l'heure du coucher, tous les soirs, elle demandait si on avait bien fermé la porte et si les voleurs ne pourraient pas rentrer. À bout d'arguments, Francesca lui avait raconté que les voleurs dormaient la nuit, ce qui avait d'abord suffi à la rassurer. Mais, à bientôt dix ans, elle n'y croyait plus.

Quant à la petite Camille, absente donc durant cette fameuse après-midi, elle était d'un naturel calme et souvent audacieux. Comment aurait-elle réagi du haut de ses sept ans ? Nul ne peut le dire, car les comportements sont imprévisibles dans ce genre de situations exceptionnelles.

Ensuite, Edith et Laura furent enfermées dans la minuscule buanderie qui ne devait pas mesurer plus de 3 m^2, avec Juanita et Cristina.

Tout cela, Francesca le saurait bientôt. Mais, n'anticipons pas.

Son cerveau marchait maintenant à cent à l'heure, alors qu'il lui arrivait souvent de lutter contre une certaine nonchalance, de s'assoupir l'après-midi sur

son cahier et de sentir qu'elle s'engourdissait dans le confort de sa grande maison.
Soudain, le Grand commença à s'énerver parce qu'il ne trouvait pas le coffre-fort escompté dans sa chambre à coucher (elle avait dit vrai : il n'y avait aucun coffre-fort). Il la prit par les épaules et la secoua :
—Tu sais qu'on va tuer tes enfants si tu ne nous donnes pas les dollars ?
Les hypothèses, les solutions fusaient dans son esprit, vite, trouver quelque chose à leur donner qui les satisfasse, vite, quelque chose de précieux... ses bijoux ! Voilà, c'était l'idée salvatrice, comment ne pas y avoir pensé plus tôt ? Il y avait la bague de fiançailles avec un brillant coûteux, le collier de grosses perles que sa mère lui enviait, les boucles d'oreilles assorties, des pièces d'or transformées en médailles et quelques beaux bracelets marocains, tout ce que sa belle-famille lui avait offert au cours des années, malgré son peu de goût pour ces ornements. Elle ne les mettait pour ainsi dire jamais mais les avait soigneusement rangés dans une boîte capitonnée de velours bordeaux.
— J'ai des bijoux, de très beaux bijoux, je vais vous les donner ! Annonça-t-elle, soudain.
Les deux compères se regardèrent, puis la regardèrent avec méfiance :
— Quels bijoux ? Où sont-ils ?
Elle leur indiqua son bureau, de l'autre côté de la maison, là d'où ils venaient.
— Tu as intérêt à pas te moquer de nous, maugréa l'un des deux.
En chemin, ils l'assaillaient de questions : où est ton mari ? Quel est son métier ? Quelle est l'adresse de son bureau ? Est-ce qu'il a des dollars dans son bureau ? Elle craignait d'en dire trop ou pas assez, de les irriter en ne répondant pas. Et les voisins ?

Comment s'appelaient-ils ? Quelle était leur profession ? Avec leurs pistolets, ils avaient tous les droits, ceux de terroriser la maisonnée entière, de la promener, elle, d'un endroit à l'autre, de haut en bas, le temps qu'ils voudraient, et de faire ce que bon leur semblerait de leurs vies à tous. Tout en traversant la maison, Francesca tentait de visualiser les tiroirs de son bureau, le coffret devrait être dans le premier. Pourvu que ce soit bien le cas. Mon Dieu, pourvu qu'il soit bien là.

Tout à l'heure, lorsque l'homme l'avait bousculée, des images d'une violence inouïe, comme des flashs, avaient traversé sa conscience, souvenirs de séries policières vues à la télé ; elle les avait repoussées. Elle, qui avait tendance à imaginer des fins catastrophiques à nombre de situations de la vie courante, s'était interdit de le faire maintenant. Elle avait bloqué l'accès au réservoir de sinistrose et ça semblait fonctionner.

En remontant par l'escalier de service, et en passant devant la chambre de Cristina, la mucama, le Petit lui demanda subitement :

— Elle est Argentine, la mucama ?

— Non, Uruguayenne.

— Quand est-ce qu'elle est allée en Uruguay pour la dernière fois ?

Francesca capta l'intention du malfaiteur et répondit sans hésiter :

— Elle vient de rentrer, il y a 2 jours.

L'homme abandonna alors son nouveau thème d'interrogatoire et ne fouilla pas la chambre de la bonne. Au moins, j'aurai sauvé les économies de Cristina, pensa Francesca. Car tout le monde savait que les employées étrangères rentraient de temps en temps au pays pour apporter l'argent épargné à leur famille. Et en attendant, elles gardaient leur paye

dans leur chambre. C'est pourquoi elle avait prétendu que Cristina venait de rentrer d'Uruguay...
Ils la poussèrent encore un peu, jusqu' à son bureau ; là, elle se dépêcha d'ouvrir le premier tiroir. Au premier coup d'œil, elle l'aperçut, il était bien là, merci Mon Dieu, le coffret en velours bordeaux dont elle s'empara aussitôt. L'un de deux hommes le lui arracha des mains et déversa son contenu sur la table. Elle débita son boniment comme un parfait représentant de commerce :
— Un très beau diamant, d'une grande pureté, ça vaut cher, et des perles de cette taille, c'est rare !
Les hommes tâtèrent la marchandise, se la passèrent de l'un à l'autre, puis remirent les bijoux dans la boîte et la prirent avec eux.
— C'est bon, on a perdu assez de temps, on descend.
C'est ainsi qu'elle se retrouva, elle aussi, enfermée dans la minuscule buanderie à porte vitrée, attenante à la cuisine et à la salle à manger des enfants, avec Cristina, Juanita, Laura et Edith. À travers la porte vitrée, elle vit, juste devant elle, le pauvre Monsieur B, maintenu à plat ventre sur le carrelage par l'homme au bonnet, dont c'était, pour elle, la première apparition. Cristina pleurait en se tordant les mains, Laura disait :
— Il faut que je parte, moi, je dois aller chez le dentiste.
Louable mais vaine tentative enfantine pour se sortir du pétrin…
Edith tremblait de tous ses membres, on entendait ses dents claquer. Juanita chuchota à l'oreille de Francesca :
— Elle ne va pas bien, ça fait un moment qu'elle est comme ça.
La petite fille fut bientôt prise de spasmes, Francesca l'approcha du lavabo où elle se mit à vomir et à vomir encore.

Malgré tout, elle était soulagée d'avoir retrouvé les enfants. Elle put serrer Edith contre elle, et tenter de la réconforter.
Nos larrons, trouvant sans doute le butin trop maigre, décidèrent d'aller cambrioler les voisins en se servant de leur maison comme base d'opération. Ils demandèrent où était la grande échelle et l'appuyèrent contre le mur qui les séparait du jardin mitoyen.
L'homme au bonnet, qui ne faisait pas partie du commando, ouvrit la porte de la cave, visible depuis la buanderie, se planta de dos, les jambes écartées et on l'entendit clairement uriner dans les escaliers. Les filles regardèrent Francesca, horrifiées. Après quoi il reprit son poste de garde. C'est lui qui était apparemment chargé de les surveiller pendant que les deux autres escaladaient le mur du jardin.
Et Francesca, enfermée dans sa buanderie, pensait : « c'est quand même fou qu'on en soit réduits à attendre ici, sans rien faire, que ces types cambriolent nos voisins, en espérant qu'ils ne résisteront pas et que ça ne durera pas longtemps. »
Ensuite, tout alla très vite. De retour de leur équipée, le Grand dit en les fixant d'un œil mauvais :
— On s'en va, mais on va revenir. Attention ! Si un seul d'entre vous bouge, je l'abattrai. Il marqua une pause. Je vous abattrai tous comme des chiens !
Les trois hommes disparurent et les prisonnières restèrent immobiles assez longtemps dans la buanderie, une demi-heure, ou une éternité…
Quand Monsieur B fit mine de se relever, Edith hurla :
— Non, ils vont nous tuer !
Peu de temps après, apparut un allié.
Juanita fut la première à le reconnaître et cria :
— Jesús !

Le nouvel arrivant n'était autre que le gardien de l'immeuble d'en face qui répondait au doux nom de Jesús. Il venait en reconnaissance.
Il leur annonça que les bandits avaient quitté les lieux et qu'il n'y avait plus de danger à sortir. Derrière lui, à pas mesurés, Francesca vit arriver Sam, son mari. Le visage d'Edith reprit immédiatement des couleurs ; elle courut se réfugier dans ses bras.
Francesca lui fit le récit de l'après-midi. Quand elle arriva à l'épisode des bijoux, le regard de Sam se durcit et exprima de la colère :
— Comment ? Tu leur as donné tous tes bijoux ?
— Mais…
— Ceux que ma mère t'avait offerts ?
— Tu ne comprends pas que la vie des enfants et la mienne, peut-être aussi, était en jeu ? cria-t-elle
Mais il insistait :
— Tu aurais pu au moins ne pas les donner tous.
Elle ne prononça plus un mot. Entre eux, l'incompréhension avait atteint un tel niveau qu'elle faisait barrage à tout dialogue. Et le silence s'installa.
Elle ressentit néanmoins un peu de cette culpabilité qu'on voulait lui faire porter. C'est vrai qu'elle était heureuse de s'en être tirée à si bon compte : elle avait protégé Edith et son amie, tout en se débarrassant d'ornements peu aimés et encombrants. Était-ce cela que son mari lui reprochait ? N'avoir pas éprouvé de regret en abandonnant ses perles et son brillant ? Ou alors, est-ce que Sam, qui avait sur le cœur d'autres griefs, autrement plus justifiés contre elle, n'avait pas utilisé cet épisode comme un exutoire à son ressentiment ? C'était probable, mais s'engager sur cette piste nous éloignerait de notre histoire…
Juanita raconta à Francesca comment l'homme au bonnet avait maltraité le gardien, l'avait plaqué

contre terre et lui avait donné des coups de pieds en l'insultant :
—Tiens, prends ça, fils de pute, les gars de ton espèce, on les connaît, saleté de flic !
Or, Monsieur B était un gardien en tout point pacifique, ne portant pas la moindre arme sur lui, ce que les malfaiteurs ignoraient.
Comme c'était à prévoir, le coffre-fort des voisins fut entièrement vidé et Laura arriva en retard chez le dentiste. Quant à Edith, elle aurait du mal à se débarrasser de sa peur des voleurs. Et lorsque Camille, sa petite sœur, revint sans se douter de rien à la maison après son après-midi de jeux, Edith lui raconta toute l'histoire en détail, en insistant sur la menace finale : « Je vous abattrai tous comme des chiens ! » Camille en resta bouche bée.
Au cours de la même semaine, le trio cambriola plusieurs maisons du quartier et viola quelques-unes de ses habitantes. Francesca y avait échappé, les autres femmes de la maison, aussi ; elles pouvaient s'estimer heureuses.
La police ne sembla pas s'émouvoir de ces turpitudes, ni prendre la moindre mesure pour les arrêter… Ses amis Argentins n'étaient pas surpris : « Comme toujours, les policiers sont de mèche avec les malfrats ». Les dictateurs avaient quitté le pouvoir depuis plus de dix ans, mais la corruption, toujours aussi vivace, ignorait les changements de régime.
Plus tard, à douze mille kilomètres de là, Francesca, en retirant son alliance, le seul bijou qui lui restait, pensa que les malfaiteurs avaient oublié de la lui prendre. Elle ne s'appelait plus Madame T. Evidemment, elle vivait à présent dans un appartement parisien, une demeure nettement plus simple et en accord avec ses goûts. Elle mettrait du temps à recomposer sa vie ; la musique l'aiderait à retrouver

l'harmonie perdue. Et un jour, peut-être, installée à son nouveau bureau, sur un rythme de Piazzolla, tout en mordillant son stylo et en sirotant du café très léger, se souviendrait-elle du braquage de Buenos Aires.
En ferait-elle le sujet de sa prochaine nouvelle ? Évidemment.

O silent wood

De Malena K à Lorenzo S – Paris, 13 septembre 1990

Mon cher, très cher Lorenzo,
Lorenzaccio mío…
Est-ce que je peux t'appeler comme ça ? En ai-je encore le droit ? Depuis ton départ, j'ai bien essayé de faire comme si tu n'étais pas parti vivre à onze mille kilomètres, comme si rien n'avait changé, j'ai voulu faire semblant d'ignorer ton absence, de la regarder de haut, de la passer sous silence, de la reléguer aux oubliettes, mais rien n'y a fait. Mes pauvres stratagèmes ont échoué les uns après les autres, car tout me ramène à nos années de complicité, d'union, de… c'est bon, inutile d'insister. Et puis, ce serait superflu, tu sais aussi bien que moi ce que nous avons vécu, tu en connais le nom.

Ne crains rien, ce n'est pas pour t'entretenir du passé que je t'écris, ni pour me lamenter. Non, il s'agit de tout autre chose et tu vas être content, j'en suis sûre ; je voudrais, comme autrefois, te conter ma dernière trouvaille. Eh oui, l'activité a repris début septembre, et j'en ai profité pour écumer brocantes, braderies, marchés aux puces et vide-greniers en province et à Paris. Je me suis vraiment démenée et tu vas voir que ça en valait la peine ! À qui d'autre qu'à toi pouvais-je en parler ? À toi qui es maintenant à Montevideo, dans un environnement si différent, je ressens pourtant le besoin de raconter cet épisode extraordinaire, comme si tu faisais encore partie de moi-même. Accepterais-tu, Lorenzaccio mío, de rester mon allié bienveillant ?

Alors voilà, dimanche dernier, se tenait un vide-greniers dans le XVe arrondissement auquel j'avais prévu de me rendre. J'espérais y trouver quelque occasion d'étoffer mes stocks pour la boutique, rien de plus. Les trottoirs du boulevard Pasteur avaient changé de physionomie, tout hérissés de tentes et de tréteaux à l'air libre. Au début, rien de particulier, il y avait les habituels lots de jouets, bibelots, vaisselles, petits meubles et fripes ; les particuliers reconnaissables au désordre de leurs stands brouillons, avoisinant avec les brocanteurs et antiquaires attitrés, aux articles bien exposés sur des tables cirées. Tu sais que je recherche plutôt des objets anciens de petite taille, faciles à collectionner. À force de fouiller en vain dans ces improbables bric-à-brac, je commençais à me sentir déçue et fatiguée, comme bien souvent, lorsque sur un guéridon bancal, légèrement à l'écart, j'aperçois une paire de lunettes aux verres ronds et bleutés, cerclés de métal, une monture typique du XIXe siècle tardif. Elle est posée là sur un cendrier en argenterie noircie. L'homme sans âge qui tient le stand et qui ne ressemble pas du tout à un professionnel me guette du coin de l'œil. Intéressée ou pas cette passante ? Je me saisis des lunettes pour les soupeser et les observer de près car je les trouve singulières. La suite prouvera que j'avais raison. « Encore mettables, me lance-t-il, elles sont en bon état. » Ce qui me fait pouffer de rire intérieurement. Il veut vraiment me faire croire que ces lunettes sont utilisables ? Et si j'avais besoin de lunettes, viendrais-je les chercher dans ce ramassis de vieilleries ? « Je les laisse pour pas cher », ajoute-t-il, visiblement prêt à tout pour s'en débarrasser (...)

Ricardo - Vol Paris-Buenos Aires - Nuit du 8/9 octobre 2018

Ricardo détourne un instant son regard de la feuille très fine et bleue qu'il tient entre les mains. C'est le premier feuillet d'un paquet de lettres encore ficelé, posé sur la tablette face à son siège. Ce qu'on appelait autrefois « le papier avion » crisse sous ses doigts. Par le hublot, les formes rondes et crénelées des nuages accompagnent la montée de l'avion. Il choisit toujours une place côté fenêtre, ce qui lui offre un petit coin confortable pour s'appuyer. Le long voyage qui le ramène à Buenos Aires, la ville où il habite, vient juste de commencer. Il a donc au moins douze heures devant lui ; c'est plus qu'il n'en faut pour explorer cette correspondance. Ce qui le frappe d'abord, c'est la coïncidence : manifestement, lui aussi a fait une trouvaille. Ces lettres accompagnaient les fameuses lunettes anciennes qu'il n'avait pas tout de suite remarquées. La fille endeuillée et pressée qui les lui a vendues hier, comme une grande partie des bibelots et ornements de sa maison, ne savait rien de leur provenance. « Mais tenez, je vous les laisse avec ce lot d'objets et prenez les lettres qui les accompagnent, Maman les avait rangées ensemble dans la même boîte ». Un simple coup d'œil lui a suffi pour comprendre qu'elles étaient adressées à un certain Lorenzo S., résidant à Montevideo en Uruguay et cela a éveillé sa curiosité. Les autres babioles qui composaient le lot n'avaient qu'un intérêt limité, mais il a acquis le tout pour une somme modique.

De Malena K à Lorenzo S – Paris, 13 septembre 1990 (suite)

(...) Jusque-là, mon Lorenzo, tu ne vois pas très bien ce qu'il y a d'exceptionnel dans cette histoire et pourquoi j'ai décidé de t'écrire après tout ce temps... Un prétexte, penseras-tu... qui sait ? Tu n'y es pas du tout, attends un peu, patience ! J'examine donc en détail les lunettes, les manipule jusqu'à ce que mon doigt détecte une minuscule inscription

gravée sur l'une des branches. La loupe que j'emporte toujours dans ma poche lorsque je pars en chasse me permet de lire : « Lizzie S -1860 ». Le vendeur n'avait, lui, visiblement rien remarqué mais il a vu mon geste :
— Qu'est-ce que vous avez trouvé ?
Et moi, capable, malgré l'émotion, de mentir de façon éhontée :
— Rien du tout, je cherchais un poinçon, mais il n'y en a pas.
Lizzie S -1860... Alors, ça ne te dit rien ? En tout cas, moi, ça m'a décidé à acquérir les lunettes. Si tu n'as pas deviné avant, tu sauras tout dans une prochaine lettre !
Raconte-moi ta vie à Montevideo, parle-moi de tes dernières sculptures. J'aimerais tellement pouvoir te suivre par l'esprit. Pardon, je suis peut-être trop curieuse, intrusive ou déplacée ? Mais comment perdre l'habitude de s'intéresser à l'autre, celui avec qui on a tout partagé pendant de longues années ? Si tu as un mode d'emploi, je suis preneuse. En attendant, je t'envoie toutes mes pensées les plus douces, ou les plus tristes, ou, si tu l'exiges, les plus neutres.
Malena

Ricardo - Vol Paris-Buenos Aires - Nuit du 8/9 octobre 2018

Ricardo relève les sourcils, comme il le fait lorsqu'il est étonné ou impressionné ; tiens, tiens, une énigme à la clef ? C'est bien ce qu'il lui fallait pour meubler les heures mornes d'un voyage transatlantique. Il voudrait observer lui aussi les branches de lunettes, mais elles sont dans son sac de voyage rangé en hauteur loin de sa place, il lui faudrait demander à sa voisine de gauche, endormie avec un masque sur les yeux, la permission de passer, puis enjamber le passager suivant, et il n'en a pas envie pour l'instant. Lizzie S ? Non, ça ne lui dit rien. Le mieux est de passer à la lettre suivante qui fournira peut-être quelques pistes ou même la réponse. Juste à ce moment-là, un étroit charriot brinquebaballant, encadré par deux hôtesses, s'approche de sa rangée : on sert le dîner, attraction principale de ce genre de vols. Il remet donc sa lecture à plus tard.

De Malena K à Lorenzo S - Paris, 30 septembre 1990

Mon très cher Lorenzaccio,

Tu sais que la patience n'est pas ma qualité principale, c'est pourquoi je n'ai pas celle d'attendre ta réponse. Plus de quinze jours sont passés depuis ma lettre précédente, et à la poste ils m'ont affirmé que c'était un délai normal pour acheminer le courrier entre Paris et Montevideo... As-tu au moins reçu ma missive ? Je n'en sais rien. Tu ne m'as donc pas encore accordé la permission de continuer à correspondre avec toi, ni de t'appeler Lorenzaccio comme naguère... Tant pis ! Nos lettres se croiseront probablement. Quand inventera-t-on une manière plus rapide de s'écrire ? Bien peu de progrès ont été faits depuis l'invention du courrier postal et je suis sûre

que Jean Mermoz ou Saint-Exupéry auraient été plus diligents que mon facteur !
Juste ces quelques lignes inutiles pour te dire que tu restes dans mon cœur mon interlocuteur privilégié et que, quoiqu'il advienne, en secret ou au su de tous, tu le demeureras.
Malena

Ricardo – Vol Paris-Buenos Aires - Nuit du 8/ 9 octobre 2018

Bien que le plateau du dîner n'ait pas encore été retiré, Ricardo s'est empressé de récupérer la liasse de lettres qu'il a mise à l'abri dans la pochette sous la tablette. La page qu'il lit d'abord s'assimile plutôt à un billet et n'apporte aucun élément nouveau. En s'emparant de la lettre suivante, il espère en apprendre davantage sur un sujet qui le concerne directement depuis qu'il a acheté les lunettes de Lizzie S. D'autant plus qu'il compte présenter, dimanche prochain, ses nouvelles acquisitions parisiennes à la foire de San Telmo, marché aux puces réputé. Elles ont généralement beaucoup de succès car les Porteños sont très friands d'antiquités européennes. Aussi ne manque-t-il pas de venir s'approvisionner à Paris deux fois par an. Il se rend en priorité chez les familles obligées de vider l'appartement d'un parent disparu. Elles sont prêtes à tout pour se débarrasser rapidement des collections d'objets, de livres, des tableaux, tapis et vieilleries en tout genre. C'est dans ces fatras poussiéreux à la décoration surannée qu'il glane, lui, l'orpailleur du nouveau monde, quelques pépites abandonnées dans l'ancien. Bien sûr, il a un associé parisien qui se concentre sur les meubles et objets encombrants, tandis que lui, Ricardo, se réserve tout ce qui est facilement transportable. Parfois, il accepte d'emporter des albums photos et des lettres, témoignages d'un temps révolu dont il prend plaisir à humer le parfum. Quand il tient entre ses mains ce genre de trésor couleur sépia, il se sent chargé d'une mission difficile : préserver toute l'épaisseur de vies passées et inconnues.

De Malena K à Lorenzo S – Paris, 15 octobre 1990

Ta lettre, enfin !

Cher, cher Lorenzaccio, mon ami,

Puisque tu m'en donnes le droit, je ne vais pas me priver du bonheur de t'appeler ainsi. Comme tes paroles m'ont fait du bien. Tu ne me rejettes pas et toi aussi tu te sens proche de moi, voilà ce que j'attendais. Sais-tu que je chante souvent cette valse-tango que nous aimions tous deux : Desde el alma *?*

« Alma, si tanto te han herido,

¿Por qué te niegas al olvido ? *...»*

(Mon âme, si l'on t'a tant blessé, pourquoi refuses-tu d'oublier ?)

Et je me reconnais parfois dans ces paroles : « ...Vives inutilement triste ». *Oui, la tristesse est inutile, mais elle ne se commande pas, elle surgit un matin ou un soir, traînant dans son sillage la nostalgie et le spleen, ses acolytes.*

La photo de ta dernière sculpture m'a enchantée. Pardon, je saute du coq à l'âne. Dans ces formes élancées, je vois les voiles d'un bateau, une caravelle peut-être. Tu me diras si j'approche de la vérité. En tout cas, le bois rend vraiment très bien ; je suis contente que tu te sois remis à le travailler.

En ce qui concerne ma petite devinette, tu as déclaré forfait et je vais donc t'apporter la réponse attendue. Je te le donne en dix, je te le donne en cent... Lizzie S. n'est autre que... Lizzie Siddal ! c'est-à-dire Elisabeth Siddal (Lizzie était son surnom). Je t'imagine en train de t'écrier : Qui donc ?? Elle, la muse de Dante Gabriel Rosetti, le fameux peintre préraphaélite ! Ça y est ? Tu vois de qui je parle ? Elle,

la jeune femme rousse au teint diaphane qu'il a peinte et repeinte tant de fois. Comment puis-je affirmer que ces lunettes lui appartenaient ? L'inscription 1860 correspond justement à l'année de leur mariage et voyage de noces à Paris. Il est donc tout à fait plausible qu'elle ait acquis ces lunettes à Paris où elles sont restées, ou retournées, qui sait ? Lizzie n'était pas que muse, elle était elle-même peintre et poète, et sa courte vie, son sort tragique, m'ont toujours impressionnée. Juge un peu : lorsqu'elle a été retrouvée allongée, sans vie, sur son lit à cause d'une overdose de Laudanum, remède à base d'opium qu'elle prenait contre toute sorte de douleurs, elle n'avait que trente-deux ans. On a conclu à un accident, mais cela ressemblait plutôt au suicide d'une femme désespérée par la perte de son enfant, mort-né, l'année précédente.
Comprends-tu à présent pourquoi je parle de trouvaille et pourquoi je pense que ces lunettes sont une relique extrêmement précieuse ? (...)

Ricardo - Vol Paris-Buenos Aires - Nuit du 8/9 octobre 2018

Ricardo ferme les yeux, un sourire de ravissement sur les lèvres. Il a acheté sans le savoir les lunettes d'Elisabeth Siddal ! Pour un brocanteur comme lui, au-delà de la bonne affaire, c'est une nouvelle à savourer, car c'est bien pour rencontrer de pareilles opportunités, pour aller à la recherche de la merveille qu'il a choisi ce métier. Immédiatement se présente à sa mémoire le portrait d'une jeune femme aux yeux clos, chevelure lâchée, toute nimbée de lumière. C'est la couverture d'un livre sur les préraphaélites rangé dans sa bibliothèque à Buenos Aires. Il compte bien le consulter dès son arrivée, pour y découvrir tous les détails de la vie de Lizzie. D'ailleurs, il n'est plus sûr de vouloir vendre les lunettes au marché de San Telmo. Cette histoire l'intéresse de plus en plus. Les bruits de l'avion semblent s'estomper ; Ricardo s'assoupit et glisse bientôt dans un léger sommeil.

De Malena K à Lorenzo S – Paris, 16 novembre 1990

Lorenzaccio mío,

Comme j'aimerais t'accompagner dans tes longues « caminatas » sur la Rambla, au bord du Rio de la Plata. Te souviens-tu de nos promenades le long des quais de Seine ? Pas à pas, main dans la main, les kilomètres à l'époque ne m'effrayaient pas. Tu me racontes Montevideo dont je me souviens un peu. Une image en tout cas : Le fleuve y est si large qu'on dirait une véritable mer, on ne le traverse qu'en bateau, pour rejoindre l'Argentine, Buenos Aires, sur l'autre rive. Mais moi, me vois-tu ? Je me tiens sur un rivage autrement plus éloigné. Dans mon monde, aucun de ces excès n'est de mise. Les ponts, d'une taille mesurée, enjambent des fleuves qui ne ressemblent pas à la mer...

Ton enthousiasme me fait chaud au cœur : oui, c'est tout à fait inespéré de tomber par hasard sur les vestiges d'un passé presque légendaire. Toi aussi, tu l'as perçu. Sur Lizzie, circulent des tas d'histoires étranges, faisant d'elle un personnage mythique. J'hésite à te confier ce qui m'est arrivé l'autre jour, ou plutôt l'autre nuit. Je n'en ai parlé à personne car je crains le regard des autres. Pas le tien.

C'était le soir. J'avais passé un long moment à admirer la reproduction de Beata Beatrix *qui est accrochée dans mon bureau. Ah, c'est vrai, elle n'y était pas lorsque tu habitais encore à Paris. Mais tu connais sûrement cette œuvre de Dante Gabriel Rossetti en hommage à Lizzie, sa jeune femme défunte. Il la représente au moment suprême, celui de son dernier soupir, les yeux fermés, la tête rejetée en arrière, déployant sa chevelure cuivrée. Rien de morbide dans cette peinture, non, c'est un instant de grâce qui nous est offert. Représentée comme Béatrice, la bien aimée de Dante Alighieri, Lizzie, semble en extase. La beauté de ses traits, l'harmonie des couleurs, une certaine douceur et ce halo de lumière mystique qui entoure le personnage contribuent à créer un climat de paix profonde, infinie. Je t'épargne la description complète, l'explication des nombreux symboles (comme la fleur de pavot dans le bec de la colombe, faisant référence au poison, le laudanum, qui l'a tuée). L'essentiel est dans cette élévation spirituelle que l'artiste a voulu nous faire ressentir. Lizzie est ailleurs, dans un ailleurs rayonnant.*

Adolescente, j'ai maintes fois essayé de copier cette œuvre sans jamais parvenir à restituer sa splendeur incandescente.

C'était le soir, donc, je me sentais fatiguée par le travail de la journée : de nombreux coups de fils infructueux, le classement des objets récemment acquis et leur minutieux étiquetage. Assise dans mon fauteuil préféré, tu sais, celui dont tu te moquais parce qu'il était si vieux, je contemplais Beata Beatrix. *L'idée saugrenue m'est venue d'essayer les lunettes à verres bleutés de Lizzie. Je constatai qu'elles m'allaient bien, quoiqu'un peu serrées sur les tempes, et leur correction, contre toute attente, s'adaptait à ma vue. Une sensation de langueur, puis de somnolence m'obligèrent à fermer les yeux pour quelques instants, ou plus longtemps, je ne saurais le dire, car à partir de là, je perdis le contrôle de mon corps et plongeai dans l'au-delà du sommeil. Je me retrouve à marcher, seule, dans un bois ; ma longue chevelure- je sens qu'elle est longue- s'accroche çà et là aux buissons (tu te souviens que j'ai toujours porté mes cheveux courts), ce qui me force à ralentir mon allure et à décrocher les mèches une à une. Le bois me fait penser à celui des œuvres de Botticelli, avec des troncs dénudés et élancés, et aussi aux arbres, dans les teintes d'ocre rouge, de Maurice Denis, que nous apprécions tous les deux. Enfin, ce qui me frappe, car je suis comme dédoublée en cet instant, est la modification progressive de mon état d'esprit et des tonalités de la forêt. Les vertes frondaisons prennent des nuances plus sombres, les saisons semblent défiler à une vitesse stupéfiante, à mesure que j'avance. Je me retrouve en hiver, avec le vent sifflant à mes oreilles et la tristesse emplit mon cœur. Ou bien est-ce le murmure des arbres que j'entends ? Je regarde le sol, songe au chemin pierreux de la vie et à ce bois secret qui m'abrite. Je réalise alors que les arbres susurrent des ballades mélancoliques en anglais et que je les comprends, moi qui manie si mal cette langue :* stony way of woe, silent wood. *Peux-tu le croire ? Moi-même je n'en reviens pas, car je me suis réveillée avec ces mots qui me hantaient, comme une chanson obsédante dont on a retenu seulement quelques passages.* O silent wood *(O bois secret)*... with a heart so full of misery… a stony way of woe.

Mon Lorenzaccio, j'espère que tu ne vas pas en déduire que je deviens folle. Cependant, j'ai foi en ce mystérieux accord entre nous deux, qui jamais ne se démentait. J'espère que tu me comprends toujours à demi-mot...

Ta fidèle Malena

Ricardo - Vol Paris-Buenos Aires - Nuit du 8/9 octobre 2018

Cette fois-ci, la page lui tombe vraiment des mains. Son esprit est-il encore embrumé de sommeil ou est-ce qu'il a bien lu ce qu'il a lu ? Malena n'a-t-elle pas écrit dans une lettre précédente que Lizzie Siddal était aussi poète ? De plus en plus intrigué, Ricardo se saisit avec une certaine nervosité de la lettre suivante.

De Malena K à Lorenzo S - Paris, 18 décembre 1990

Lorenzaccio, mon ami,

Je savais que je pouvais avoir confiance en toi. Ta lettre vient d'arriver, je l'attendais depuis plus d'un mois et te réponds dans la foulée pour ne pas perdre une minute de plus. Je retrouve ta voix, en consonance avec la mienne. N'aie crainte, je ne confonds pas les époques et ne nourris pas d'espoir déplacé. Laisse-moi juste me délecter de cette harmonie retrouvée, comme un pont éphémère lancé au-dessus de l'océan Atlantique. D'un matériau léger, il est destiné à se désagréger aussitôt sa mission accomplie.

Le croquis que tu m'envoies de ton projet de sculpture est si beau qu'il mérite de figurer aussi dans la galerie où tu exposeras l'œuvre une fois achevée. C'est la première fois que tu conçois une œuvre entièrement abstraite, n'est-ce pas ? On dirait un peu des flammes. Dis m'en un peu plus sur cette nouvelle sculpture, comme autrefois, car ça continue à m'intéresser.

Alors toi aussi tu as fait des recherches et retrouvé les poèmes de Lizzie. Merci pour « A silent wood *» et «* Lord may I come *». Je t'assure que je ne les connaissais pas et que ces mots m'habitent depuis le premier rêve. Je retiens surtout:*

« O silent wood, I enter thee
With a heart so full of misery … »
(ô bois secret, j'entre en toi
Avec un cœur si plein de misère…)

Et

« Wherever my footsteps come and go
Life is a stony way of woe… »
*(Partout où vont et viennent mes pas
La vie est un chemin pierreux de malheur…)*

Ce sont bien les ballades que murmurait le vent, c'est pourquoi, je décidai de renouveler l'expérience, et de tenter d'aller plus loin. Ce fut mon deuxième rêve. Je chaussai les lunettes bleues et m'allongeai pour la sieste. À l'instant même, j'éprouvai une irrésistible envie de dormir, comme si j'avais ingéré un puissant narcotique. Me voilà allongée, flottant sur une rivière, entourée d'arbres et de roseaux. À mon cou, un collier de violettes, dans la main, roses et coquelicots. Je porte une robe dont les broderies se confondent avec les fleurs qui parsèment l'onde calme. Je tremble de froid et voudrais me lever pour échapper à ce froid, mais quelque chose m'en empêche. Comme lors du premier rêve, une partie de moi-même observe l'autre. Je pense à L'Ophélia *de Millais dont je suis, c'est certain, le modèle. Je me mets à pleurer de douleur, les larmes coulent abondamment et se mêlent à l'eau du fleuve ; puis, sans transition, l'eau se solidifie et sous mon corps allongé, je sens que je suis de retour dans ma chambre à Londres, sur mon lit, très malade et affaiblie. Quelle désespérance est la mienne ! Mon environnement s'obscurcit et revêt les couleurs de la mort, mon souffle est court, ma fin est proche. C'est alors que je m'éveillai. Jamais je n'ai été si contente de sortir d'un rêve ou plutôt d'un cauchemar. La peur, l'angoisse, le désespoir, le poids de la souffrance, je m'en débarrassai d'un revers de main. Comme ma vie était enviable, comme ma tristesse était légère en comparaison de ce que j'avais entrevu en songe !*

Mon Lorenzaccio, à toi qui es un autre moi-même, je peux confier ces phénomènes que je ne m'explique pas. Comme moi, tu as dû faire le rapprochement avec Lizzie qui a posé pour le fameux tableau de Millais... Je peux avouer que ces deux rêves ont été éprouvants et que je ne souhaite pas renouveler l'expérience. J'ai rangé les lunettes bleues dans leur étui et n'y ai plus touché ; j'ignore ce que j'en ferai. J'attends tes suggestions. Puis-je te demander un service ? Celui de garder mes lettres, qui pourront, un jour, prouver peut-être leur authenticité. Finalement, de Montevideo à Paris, nous continuons à nous donner la main au-dessus du monde, ne trouves-tu pas ?
Je regarde souvent Beata Beatrix. *Au fond, à l'arrière- plan, il y a la silhouette du Ponte Vecchio de Florence, à moins que ce ne soit celle d'un pont de Londres ; il est tout illuminé. C'est un lieu serein et heureux propre à consoler un cœur «* so full of misery *», comme l'était celui de Lizzie. J'aime à croire que par-là s'est échappée l'âme captive d'Elisabeth Siddal, et c'est par là aussi, par ce point de fuite, que s'envole mon imagination. Pourquoi cette contemplation me remplit-elle de joie ? Je ne saurais le dire (...)*

Ricardo – Vol Paris-Buenos Aires - Matin du 9 octobre 2018

L'avion amorce sa descente vers Ezeiza, l'aéroport de Buenos Aires. Un peu d'agitation dans la cabine où les gens rassemblent leurs affaires ou enfilent leurs vestes. Ricardo est bien réveillé à présent. Avant de boucler sa ceinture de sécurité, il a soigneusement replié les lettres de Malena à Lorenzo et les a replacées dans la liasse avec les autres ; il lui en reste quelques-unes à lire lorsqu'il sera à terre. Sa voisine émerge d'un long sommeil et retire le masque qui occultait ses yeux. Il découvre son visage. Comment font les gens pour dormir si bien en avion, se demande-t-il ? Étrange voyage que celui qu'il vient d'accomplir. Plus de vingt-cinq années le séparent des lettres, et plus de cent cinquante ans de l'histoire de Lizzie. Comme si le temps ne comptait plus, comme si certaines frontières disparaissaient, une ballade résonne dans sa tête : « *O silent wood …*» .Il songe aux lunettes à verres bleutés rangées dans son sac, il ne risque pas de les oublier.

Plus que jamais, il est déterminé à ne pas les vendre sur le marché de San Telmo.

Sommaire

Structures éditoriales du groupe L'Harmattan

L'Harmattan Italie
Via degli Artisti, 15
10124 Torino
harmattan.italia@gmail.com

L'Harmattan Hongrie
Kossuth l. u. 14-16.
1053 Budapest
harmattan@harmattan.hu

L'Harmattan Sénégal
10 VDN en face Mermoz
BP 45034 Dakar-Fann
senharmattan@gmail.com

L'Harmattan Cameroun
TSINGA/FECAFOOT
BP 11486 Yaoundé
inkoukam@gmail.com

L'Harmattan Burkina Faso
Achille Somé – tengnule@hotmail.fr

L'Harmattan Guinée
Almamya, rue KA 028 OKB Agency
BP 3470 Conakry
harmattanguinee@yahoo.fr

L'Harmattan RDC
185, avenue Nyangwe
Commune de Lingwala – Kinshasa
matangilamusadila@yahoo.fr

L'Harmattan Congo
219, avenue Nelson Mandela
BP 2874 Brazzaville
harmattan.congo@yahoo.fr

L'Harmattan Mali
ACI 2000 - Immeuble Mgr Jean Marie Cisse
Bureau 10
BP 145 Bamako-Mali
mali@harmattan.fr

L'Harmattan Togo
Djidjole – Lomé
Maison Amela
face EPP BATOME
ddamela@aol.com

L'Harmattan Côte d'Ivoire
Résidence Karl – Cité des Arts
Abidjan-Cocody
03 BP 1588 Abidjan
espace_harmattan.ci@hotmail.fr

Nos librairies en France

Librairie internationale
16, rue des Écoles
75005 Paris
librairie.internationale@harmattan.fr
01 40 46 79 11
www.librairieharmattan.com

Librairie des savoirs
21, rue des Écoles
75005 Paris
librairie.sh@harmattan.fr
01 46 34 13 71
www.librairieharmattansh.com

Librairie Le Lucernaire
53, rue Notre-Dame-des-Champs
75006 Paris
librairie@lucernaire.fr
01 42 22 67 13

Achevé d'imprimer par Corlet - 14110 Condé-en-Normandie
N° d'Imprimeur : 1285090 - Mai 2023 - Imprimé en France